NCERT प्रैक्टिस

वर्कबुक

हिंदी वसंत

कक्षा 8

प्रत्येक अध्याय में विभिन्न प्रकार के प्रश्न; बहुविकल्पीय, रिक्त स्थान, सत्य-असत्य, अतिलघु, लघु, दीर्घउत्तरीय, मूल्यपरक प्रश्न आदि साथ ही व्याकरण, लेखन व अपठित खंड का भी समावेश

अनामिका देशपाण्डे

arihant
अरिहन्त प्रकाशन (स्कूल डिवीज़न सीरीज़)

arihant

अरिहन्त प्रकाशन (स्कूल डिवीज़न सीरीज़)

卐 **रजि. कार्यालय**

'रामछाया' 4577/15, अग्रवाल रोड, दरिया गंज, नई दिल्ली- 110002

फोन: 011-47630600, 43518550

卐 **मुख्य कार्यालय**

कालिन्दी, टी०पी० नगर, मेरठ (यूपी)– 250002

फोन: 0121-7156203, 7156204

卐 **शाखा कार्यालय**

आगरा, अहमदाबाद, बरेली, बंगलुरु, चेन्नई, दिल्ली, गुवाहाटी, हैदराबाद, जयपुर, झाँसी, कोलकाता, लखनऊ, नागपुर तथा पुणे

PO No : TXT-XX-XXXXXXX-X-XX

PUBLISHED BY ARIHANT PUBLICATIONS (INDIA) LTD.

'अरिहन्त' की पुस्तकों के बारे में अधिक जानकारी के लिए हमारी वेबसाइट **www.arihantbooks.com** पर लॉग इन करें या **info@arihantbooks.com** पर सम्पर्क करें।

Follow us on...

9 789327 197037

प्रोडक्शन टीम

पब्लिशिंग मैनेजर
केशव मोहन, अमित वर्मा

प्रोजेक्ट कॉर्डिनेटर
मनीष कुमार

प्रोजेक्ट एडिटर
अविनाश झा

कवर डिजाइनर
शानू मंसूरी

इनर डिजाइनर
गौरव

प्रूफ रीडर
प्रीति

वर्कबुक की आवश्यकता क्यों?

किसी भी विषय को सीखने के लिए व उसमें दक्षता प्राप्त करने के लिए 'अभ्यास' सबसे महत्त्वपूर्ण आवश्यकता है। अभ्यास के माध्यम से ही विद्यार्थियों में ज्ञान का विकास होता है तथा उनकी स्मरण शक्ति में वृद्धि होती है। विद्यार्थियों को आवश्यक अभ्यास करवाने के लिए ही इस वर्कबुक को तैयार किया गया है। इस वर्कबुक के बारे में विस्तृत जानकारी नीचे दी गई है तथा यह समझाया गया है कि यह वर्कबुक विद्यार्थियों के लिए किस प्रकार से उपयोगी है।

पूर्णतः NCERT पाठ्य-पुस्तक पर आधारित

यह वर्कबुक पूर्णतः NCERT पाठ्य-पुस्तक पर आधारित है, NCERT ही एकमात्र ऐसी पाठ्य-पुस्तक है जो भारत सरकार व CBSE द्वारा स्कूलों के लिए Recommend की गई है। इस वर्कबुक में NCERT के पाठों की विषय-वस्तु पर आधारित विभिन्न प्रकार के प्रश्न दिए गए है। इन प्रश्नों का अभ्यास करके विद्यार्थी NCERT पाठ्य-पुस्तक के अध्यायों का सम्पूर्ण रूप से अभ्यास कर सकते है तथा उन पर अपनी पकड़ मजबूत कर सकते हैं।

एकमात्र सम्पूर्ण वर्कबुक

अरिहन्त वर्कबुक, एकमात्र ऐसी वर्कबुक है, जिसमें पाठ्यक्रम के सभी खण्डों क्रमशः पाठ्य-पुस्तक, व्याकरण, लेखन व अपठित बोध का समावेश किया गया है। इस प्रकार यह वर्कबुक विद्यार्थियों को परीक्षाओं की सम्पूर्ण तैयारी कराने में समर्थ है।

वर्कबुक – उद्देश्य, उपयोग एवं विशेषताएँ

इस वर्कबुक के प्रत्येक अध्याय में विभिन्न प्रकार के प्रश्नों का समावेश किया गया है, जो NCERT पुस्तकों के अध्यायों को सम्पूर्ण रूप से कवर करते हैं। इस प्रकार यह वर्कबुक विद्यार्थियों द्वारा कक्षा में पढ़े जाने वाली सामग्री का व्यवस्थित अभ्यास देती है। अतः यह वर्कबुक कक्षा में अथवा अपने घर पर दोनों जगह समान रूप से उपयोगी है।

इस वर्कबुक की कुछ विशेषताएँ निम्न हैं-

- सभी खण्डों क्रमशः पाठ्य-पुस्तक, व्याकरण, लेखन व अपठित बोध का सम्पूर्ण कवरेज।
- NCERT के सभी अध्यायों का विस्तृत कवरेज।
- विभिन्न प्रकार के प्रश्नों का समावेश; जैसे-रिक्त स्थानों की पूर्ति, सत्य-असत्य, सुमेलन, बहुविकल्पीय, अति लघु उत्तरीय, लघु उत्तरीय व दीर्घ उत्तरीय प्रश्न आदि।

इस वर्कबुक में दी गई सम्पूर्ण पाठ्य-सामग्री निश्चित रूप से विद्यार्थियों की विषय सम्बन्धी क्षमताओं व उनके विश्वास में वृद्धि करेगी। इस वर्कबुक के द्वारा विद्यार्थी हिन्दी विषय के प्रति अपनी कठिनाइयों तथा प्रश्नों को हल करते समय अपने मन में उठने वाले सन्देहों को आसानी से दूर कर पाएँगे।

हम अध्यापकों, विद्यार्थियों व अभिभावकों से अपील करते हैं, कि वे इस वर्कबुक के सुधार के लिए अपने सुझावों को प्रस्तुत करें। हम सभी सुझावों को इस वर्कबुक के अगले संस्करणों में समाहित करने का प्रयास करेंगे।

प्रकाशक

विषय सूची

पाठ्य-पुस्तक (वसंत)

अध्याय 1	ध्वनि	1-3	अध्याय 10	काम-चोर	30-33
अध्याय 2	लाख की चूड़ियाँ	4-7	अध्याय 11	जब सिनेमा ने बोलना सीखा	34-36
अध्याय 3	बस की यात्रा	8-10	अध्याय 12	सुदामा-चरित	37-39
अध्याय 4	दीवानों की हस्ती	11-13	अध्याय 13	जहाँ पहिया है	40-43
अध्याय 5	चिट्ठियों की अनूठी दुनिया	14-16	अध्याय 14	अकबरी लोटा	44-47
अध्याय 6	भगवान के डाकिए	17-19	अध्याय 15	सूरदास के पद	48-50
अध्याय 7	क्या निराश हुआ जाए	20-23	अध्याय 16	पानी की कहानी	51-54
अध्याय 8	यह सबसे कठिन समय नहीं	24-26	अध्याय 17	बाज और साँप	55-57
अध्याय 9	कबीर की साखियाँ	27-29	अध्याय 18	टोपी	58-61

पूरक पाठ्य-पुस्तक (भारत की खोज)

अध्याय 1	अहमदनगर का किला	62-63	अध्याय 6	अंतिम दौर-एक	72-73
अध्याय 2	तलाश	64-65	अध्याय 7	अंतिम दौर-दो	74-75
अध्याय 3	सिंधु घाटी सभ्यता	66-67	अध्याय 8	तनाव	76
अध्याय 4	युगों का दौर	68-69	अध्याय 9	दो पृष्ठभूमियाँ– भारतीय और अंग्रेज़ी	77
अध्याय 5	नई समस्याएँ	70-71			

व्याकरण

अध्याय 1	भाषा, लिपि तथा व्याकरण	78-79	अध्याय 11	काल	102-103
अध्याय 2	वर्ण-विचार	80-81	अध्याय 12	वाच्य	104-105
अध्याय 3	शब्द-विचार	82-83	अध्याय 13	अलंकार	106-107
अध्याय 4	संधि	84-85	अध्याय 14	उपसर्ग एवं प्रत्यय	108-110
अध्याय 5	समास	86-87	अध्याय 15	वाक्य	111-112
अध्याय 6	संज्ञा	88-89	अध्याय 16	अशुद्धि शोधन	113-114
अध्याय 7	संज्ञा के विकार	90-95	अध्याय 17	विराम-चिह्न	115-116
अध्याय 8	सर्वनाम	96-97	अध्याय 18	पद-परिचय एवं पदबंध	117-119
अध्याय 9	विशेषण	98-99	अध्याय 19	शब्द भंडार	120-125
अध्याय 10	क्रिया	100-101	अध्याय 20	मुहावरे एवं लोकोक्तियाँ	126-128

लेखन (अनुच्छेद-लेखन, निबंध-लेखन, पत्र-लेखन, संवाद-लेखन, कहानी-लेखन, दृश्य-वर्णन) ***129-146***

अपठित बोध (गद्यांश और काव्यांश) ***147-161***

उत्तरमाला ***162-171***

अध्याय 1

ध्वनि

सूर्यकांत त्रिपाठी 'निराला'

1 अतिलघु उत्तरीय प्रश्न

(क) कवि के अनुसार किसके जीवन का अभी अंत नहीं होगा?

(ख) कवि कलियों पर हाथ फेरकर उन्हें किसके आने का संदेश देना चाहता है?

(ग) कवि को पुष्प कैसे दिखाई दे रहे हैं?

(घ) कवि अपनी कविता के माध्यम से किन्हें उत्साहित करना चाहता है?

2 लघु उत्तरीय प्रश्न

(क) प्रस्तुत कविता में कवि के जीवन का उद्‌देश्य क्या है? स्पष्ट कीजिए।

(ख) कवि प्रकृति को अपनी ओर से क्या देना चाहता है?

(ग) कवि 'ध्वनि' कविता में किसे और क्या उत्तर दे रहा है?

(घ) कवि ने अपनी समानता किससे और क्यों की है?

(ङ) वसंत के आगमन से प्रकृति में क्या-क्या परिवर्तन हो जाते हैं?

(च) कविता में पुष्प किसके प्रतीक हैं? कवि पुष्पों को किस रूप में देखना चाहता है?

3 निम्नलिखित काव्याशों को पढ़कर पूछे गए प्रश्नों के उत्तर दीजिए।

(1)

अभी न होगा मेरा अंत
अभी-अभी ही तो आया है
मेरे वन में मृदुल वसंत
अभी न होगा मेरा अंत।
हरे-हरे ये पात,
डालियाँ, कलियाँ, कोमल गात।
मैं ही अपना स्वप्न-मृदुल-कर
फेरूँगा निद्रित कलियों पर
जगा एक प्रत्युष मनोहर।

(क) 'वन में मृदुल वसंत' पंक्ति का आशय स्पष्ट कीजिए।

(ख) कवि के जीवन में वसंत के आने से क्या होगा?

(ग) काव्यांश में वन और निद्रित कलियाँ किसके प्रतीक हैं?

(घ) 'हरे-हरे ये पात' पंक्ति में व्याकरण की दृष्टि से 'हरे-हरे' क्या हैं?

(i) क्रिया ☐ (ii) अव्यय ☐
(iii) पुनरावृत्त शब्द ☐ (iv) सर्वनाम ☐

(ङ) 'प्रत्युष' शब्द का पर्याय है

(i) जगना ☐ (ii) मनोहर ☐
(iii) प्रात:काल ☐ (iv) निद्रित ☐

(2)

पुष्प-पुष्प से तंद्रालस लालसा खींच लूँगा मैं,
अपने नव जीवन का अमृत सहर्ष सींच दूँगा मैं,
द्वार दिखा दूँगा फिर उनको।
हैं मेरे वे जहाँ अनंत
अभी न होगा मेरा अंत।

(क) प्रस्तुत काव्यांश के कवि व कविता का नाम लिखिए।

(ख) कवि अनंत का द्वार किनको दिखाना चाहता है?

(ग) प्रस्तुत काव्यांश के माध्यम से कवि क्या संदेश देना चाहता है?

(घ) 'अमृत' शब्द का विपरीतार्थक शब्द क्या है?

(i) सहर्ष ☐ (ii) विष ☐

(iii) लालसा ☐ (iv) नव ☐

(ङ) प्रस्तुत काव्यांश में 'नव' विशेषण का विशेष्य है

(i) अपना ☐ (ii) जीवन ☐

(iii) सींच ☐ (iv) लालसा ☐

4 निम्नलिखित पंक्तियों की व्याख्या कीजिए।

(क) मैं ही अपना स्वप्न-मृदुल-कर
फेरूँगा निद्रित कलियों पर
जगा एक प्रत्युष मनोहर।

(ख) पुष्प-पुष्प से तंद्रालस लालसा खींच लूँगा मैं,
अपने नव जीवन का अमृत सहर्ष खींच दूँगा मैं,
द्वार दिखा दूँगा फिर उनको।

5 निम्नलिखित वाक्यों में सही के स्थान पर सही (✓) तथा गलत के स्थान पर गलत (×) का चिह्न लगाइए

(क) कवि के जीवन में अभी-अभी वसंत आया है। ☐

(ख) कवि के जीवन में उत्साह का संचार हो उठा है। ☐

(ग) डालियाँ और कलियाँ कठोर शरीर वाली हैं। ☐

(घ) कवि जाग्रत कलियों पर हाथ फेरेगा। ☐

(ङ) वसंत आने पर पत्ते मुरझा गए हैं। ☐

6 कल्पना आधारित प्रश्न

(क) वसंत ऋतु में प्रकृति में आए विभिन्न परिवर्तनों की सूची बनाइए।

(ख) प्रस्तुत कविता को आधार बनाते हुए वसंत ऋतु पर चार मौलिक पंक्तियाँ लिखिए।

अध्याय 2

लाख की चूड़ियाँ

कामतानाथ

1 अतिलघु उत्तरीय प्रश्न

(क) लेखक की दृष्टि में बदलू कैसा व्यक्ति था?

(ख) बदलू द्वारा लेखक को दी जाने वाली गोलियाँ कैसी होती थीं?

(ग) बदलू का चूड़ियाँ बेचने का तरीका कैसा था?

(घ) बदलू को किस बात से चिढ़ थी?

(ङ) बदलू की दृष्टि में सबसे अधिक खतरनाक क्या होता है?

(च) बदलू लेखक को क्या कहकर बुलाता था?

2 लघु उत्तरीय प्रश्न

(क) बदलू चूड़ियाँ बनाने के पश्चात् उसे देखता क्यों रहता था?

(ख) बदलू लाख की चूड़ियाँ कैसे बनाता था? संक्षेप में वर्णन कीजिए।

(ग) बदलू द्वारा बनाई गई चूड़ियों की खपत अधिक क्यों होती थी?

(घ) बदलू लेखक से किस विषय में बातें किया करता था?

(ङ) बदलू शहर की औरतों पर क्या व्यंग्य करता है?

(च) लेखक को कैसे पता चला कि बदलू का शरीर ढल चुका है?

3 दीर्घ उत्तरीय प्रश्न

(क) चूड़ी को आकार देने से रंगाई करने तक की प्रक्रिया का वर्णन अपने शब्दों में कीजिए।

(ख) बदलू द्वारा की गई लेखक की खातिरदारी का वर्णन अपने शब्दों में कीजिए।

(ग) एक लंबी अवधि तक लेखक का अपने मामा के गाँव न जाने का क्या कारण रहा? वहाँ उसे क्या ध्यान आया?

(घ) मशीनी युग से बदलू के जीवन में क्या परिवर्तन आया? विस्तार से बताइए।

(ङ) बदलू ने लेखक की किस शंका को भाँप लिया था और कैसे? स्पष्ट कीजिए।

(च) बदलू के चुप रहने का क्या कारण था? लेखक को ऐसा क्यों लगा कि बदलू के अंदर कोई बहुत बड़ी व्यथा छिपी है?

4 निम्नलिखित गद्यांशों को पढ़कर पूछे गए प्रश्नों के उत्तर दीजिए

(1) बदलू स्वभाव से बहुत सीधा था। मैंने कभी भी उसे किसी से झगड़ते नहीं देखा। हाँ, शादी-विवाह के अवसरों पर वह अवश्य ज़िद पकड़ जाता था। जीवन भर चाहे कोई उससे मुफ़्त चूड़ियाँ ले जाए, परंतु विवाह के अवसर पर वह सारी कसर निकाल लेता था। आखिर सुहाग के जोड़े का महत्त्व ही और होता है। मुझे याद है, मेरे मामा के यहाँ किसी लड़की के विवाह पर जरा-सी किसी बात पर बिगड़ गया था और फिर उसको मनाने में लोहे लग गए थे। विवाह में इसी जोड़े का मूल्य इतना बढ़ जाता था कि उसके लिए उसकी घरवाली को सारे वस्त्र मिलते, ढेरों अनाज मिलता, उसको अपने लिए पगड़ी मिलती और रुपये जो मिलते सो अलग।

(क) शादी-विवाह के अवसर पर बदलू किस प्रकार की ज़िद पकड़ता था?

(ख) 'आखिर सुहाग के जोड़े का महत्त्व ही और होता है' पंक्ति का आशय स्पष्ट कीजिए।

(ग) शादी के अवसर पर बदलू को क्या मिलता था?

(घ) 'सो अलग' में सर्वनाम का भेद है

(i) निश्चयवाचक ☐ (ii) पुरुषवाचक ☐
(iii) निजवाचक ☐ (iv) संबंधवाचक ☐

(ङ) 'बदलू स्वभाव से बहुत <u>सीधा</u> था।' प्रस्तुत वाक्य में रेखांकित अंश है

(i) संज्ञा ☐ (ii) सर्वनाम ☐
(iii) क्रिया ☐ (iv) विशेषण ☐

(2) रज्जो ने चार-पाँच आम अंजुली में लेकर मेरी ओर बढ़ा दिए। आम लेने के लिए मैंने हाथ बढ़ाया तो मेरी निगाह एक क्षण के लिए उसके हाथों पर ठिठक गई। गोरी-गोरी कलाइयों पर लाख की चूड़ियाँ बहुत ही फब रही थीं।

बदलू ने मेरी दृष्टि देख ली और बोल पड़ा, यही आखिरी जोड़ा बनाया था जमींदार साहब की बेटी के विवाह पर। दस आने पैसे मुझको दे रहे थे। मैंने जोड़ा नहीं दिया। कहा, शहर से ले आओ।

मैंने आम ले लिए और खाकर थोड़ी देर पश्चात चला आया। मुझे प्रसन्नता हुई कि बदलू ने हारकर भी हार नहीं मानी थी। उसका व्यक्तित्व काँच की चूड़ियों जैसा न था कि आसानी से टूट जाए।

(क) लेखक की निगाह का रज्जो की कलाई पर ठिठकने का क्या कारण था?

(ख) बदलू ने लेखक को रज्जो की चूड़ियों के विषय में क्या कहा?

(ग) 'मुझे प्रसन्नता हुई कि बदलू ने हारकर भी हार नहीं मानी थी।' प्रस्तुत पंक्ति का आशय स्पष्ट कीजिए।

(घ) 'आखिरी' शब्द का विपरीतार्थक शब्द है।

(i) प्रारंभिक ☐ (ii) अंत ☐
(iii) अंतिम ☐ (iv) माध्यमिक ☐

(ङ) 'व्यक्तित्व' शब्द में प्रयुक्त प्रत्यय है

(i) व ☐ (ii) व्यक्ति ☐
(iii) त्व ☐ (iv) तत्व ☐

5 **निम्नलिखित वाक्यों में सही के सामने सही (✓) तथा गलत के सामने गलत (×) का चिह्न लगाइए।**

(क) बदलू शहर का रहने वाला था। ☐

(ख) बदलू अपने पैतृक पेशे को कर रहा था। ☐

(ग) बदलू काँच की चूड़ियाँ देखकर कुढ़ता था। ☐

(घ) शहरी औरतों की कलाइयाँ कठोर होती हैं। ☐

(ङ) शहर में सब काँच की चूड़ियाँ पहनते हैं। ☐

6 नीचे दिए गए बॉक्स में से उचित शब्द का चुनाव करके रिक्त स्थानों की पूर्ति कीजिए।

सुंदर, आम, सिंदूर, काँच, नीम, आधुनिक, मचिये, लाख, मेज़, मशीन

(क) बदलू के मकान के सामने एक पुराना ________ का वृक्ष लगा था।

(ख) बदलू चूड़ी बनाने का काम सदा ही ________ पर बैठकर किया करता था।

(ग) लेखक ने विरले ही हाथों में ________ की चूड़ियाँ देखीं।

(घ) इस ________ युग ने कितने हाथ काट दिए हैं।

(ङ) बदलू का व्यक्तित्व ________ की चूड़ियों के जैसा न था।

7 कल्पना आधारित प्रश्न

(क) अपनी कल्पना के आधार पर बताइए कि फैक्ट्री में चूड़ी बनाने वाले लोगों को किन-किन कठिनाइयों का सामना करना पड़ता होगा?

____

____

(ख) वेस्ट मैटीरियल (कबाड़ से जुगाड़) के द्वारा अपनी कल्पना के आधार पर विभिन्न प्रकार की चूड़ियों का निर्माण कीजिए तथा निर्माण की प्रक्रिया संक्षेप में बताइए।

____

____

बस की यात्रा

हरिशंकर परसाई

1 अतिलघु उत्तरीय प्रश्न

(क) शाम वाली बस से कौन सफ़र नहीं करते?

(ख) बस को देखकर लेखक के मन में कैसा भाव उमड़ा?

(ग) बस कहाँ पर खराब हुई थी?

(घ) बस की दशा किसके समान थी?

(ङ) 'चाँदनी में रास्ता टटोलकर वह रेंग रही थी।' प्रस्तुत वाक्यांश किसके लिए कहा गया है?

2 लघु उत्तरीय प्रश्न

(क) लोग पुरानी बस से सफ़र क्यों नहीं करना चाहते थे?

(ख) लेखक के डॉक्टर मित्र ने बस की विश्वसनीयता के विषय में क्या कहा?

(ग) लेखक और उसके मित्र को ऐसा क्यों लगा कि उनकी सीट के नीचे इंजन है?

(घ) झील को देखते ही लेखक के मन में क्या खयाल आता था?

(ङ) लेखक और उसके मित्र को ग्लानि का अनुभव क्यों हो रहा था?

3 **दीर्घ उत्तरीय प्रश्न**

(क) 'पूरी बस सविनय अवज्ञा आंदोलन के दौर से गुज़र रही थी' प्रस्तुत संदर्भ किस कारण कहा गया था? विस्तार से बताइए।

(ख) लेखक को बस में माँ द्वारा बच्चे के मुँह में दूध की शीशी लगाने की बात क्यों याद आ गई?

(ग) लेखक को बस के किसी हिस्से पर भरोसा क्यों नहीं था? अपने शब्दों में स्पष्ट कीजिए।

(घ) 'बस की यात्रा' अध्याय में लेखक का हर पेड़ को अपना दुश्मन समझने के पीछे क्या कारण था? विस्तारपूर्वक वर्णन कीजिए।

(ङ) लेखक ने पन्ना पहुँचने की उम्मीद क्यों छोड़ दी? स्पष्ट कीजिए।

4 **निम्नलिखित गद्यांशों को पढ़कर पूछे गए प्रश्नों के उत्तर दीजिए**

(1) हम आगा-पीछा करने लगे। डॉक्टर मित्र ने कहा—"डरो मत, चलो! बस अनुभवी है। नई-नवेली बसों से ज्यादा विश्वसनीय है। हमें बेटों की तरह प्यार से गोद में लेकर चलेगी।"

हम बैठ गए। जो छोड़ने आए थे, वे इस तरह देख रहे थे जैसे अंतिम विदा दे रहे हैं। उनकी आँखें कह रहीं थीं—"आना-जाना तो लगा ही रहता है। आया है, सो जाएगा-राजा, रंक, फकीर। आदमी को कूच करने के लिए एक निमित्त चाहिए।"

(क) 'प्यार से गोद में लेकर चलेगी' इस पंक्ति में किसके द्वारा गोद में लेकर चलने की बात की गई है तथा क्यों?

(ख) लेखक को छोड़ने आए मित्र उसे विदाई कैसे दे रहे थे?

(ग) 'आया है, सो जाएगा—राजा, रंक, फकीर।' प्रस्तुत पंक्ति का आशय स्पष्ट कीजिए।

(घ) 'नई' शब्द का विलोम है

(i) बेकार ☐ (ii) पुरानी ☐

(iii) खचड़ा ☐ (iv) सुंदर ☐

(ङ) 'मित्र' शब्द का पर्यायवाची निम्न में कौन-सा नहीं है?

(i) दोस्त ☐ (ii) सखा ☐

(iii) मीत ☐ (iv) मनुज ☐

(2) एक पुलिया के ऊपर पहुँचे ही थे कि एक टायर फिस्स करके बैठ गया। वह बहुत ज़ोर से हिलकर थम गई। अगर स्पीड में होती तो उछलकर नाले में गिर जाती। मैंने उस कंपनी के हिस्सेदार की तरफ़ पहली बार श्रद्धाभाव से देखा। वह टायरों की हालत जानते हैं फिर भी जान हथेली पर लेकर इसी बस से सफ़र कर रहे हैं। उत्सर्ग की ऐसी भावना दुर्लभ है। सोचा, इस आदमी के साहस और बलिदान भावना का सही उपयोग नहीं हो रहा है। इसे तो किसी क्रांतिकारी आंदोलन का नेता होना चाहिए। अगर बस नाले में गिर पड़ती और हम सब मर जाते तो देवता बाँहें पसारे उसका इंतज़ार करते। कहते–''वह महान आदमी आ रहा है जिसने एक टायर के लिए प्राण दे दिए। मर गया, पर टायर नहीं बदला।''

(क) लेखक ने ऐसा क्यों कहा कि यदि बस स्पीड में होती तो नाले में गिर जाती?

(ख) लेखक ने ऐसा क्यों कहा कि हम जान हथेली पर लेकर बस में सफ़र कर रहे हैं?

(ग) 'उत्सर्ग की ऐसी भावना दुर्लभ है।' पंक्ति का आशय स्पष्ट कीजिए।

(घ) 'इंतज़ार' निम्न में से किस भाषा का शब्द है?

(i) तत्सम ☐ (ii) तद्भव ☐
(iii) उर्दू ☐ (iv) अरबी ☐

(ङ) 'देवता' का पर्यायवाची निम्न में से कौन-सा नहीं है?

(i) निर्जर ☐ (ii) अमर ☐
(iii) सुर ☐ (iv) महीप ☐

5 निम्नलिखित वाक्यों में सही के स्थान पर सही (✓) तथा गलत के स्थान पर गलत (×) का चिह्न लगाइए

(क) पाँचों मित्र शाम सात बजे की बस से चलें। ☐
(ख) पाँच में से दो को सुबह काम पर हाज़िर होना था। ☐
(ग) बस खूब नई थी। ☐
(घ) बस की रफ़्तार पंद्रह-बीस मील हो गई थी। ☐
(ङ) क्षीण चाँदनी में वृक्षों की छाया के नीचे बस बड़ी दयनीय लग रही थी। ☐

6 कल्पना आधारित प्रश्न

(क) कल्पना कीजिए कि आप अपने मित्रों के साथ पिकनिक पर जा रहे हैं और बीच रास्ते में आपकी बस किसी सुनसान इलाके में खराब हो जाती है, ऐसी स्थिति में आप क्या करेंगे?

(ख) यदि बस बोलकर अपने भावों को प्रकट कर सकती तो वह किस प्रकार अपने भावों एवं विचारों को व्यक्त करती? अपनी कल्पनाशक्ति के आधार पर लिखिए।

अध्याय 4

दीवानों की हस्ती

भगवतीचरण वर्मा

1 अतिलघु उत्तरीय प्रश्न

(क) प्रस्तुत कविता में 'दीवाने' शब्द का प्रयोग किसके लिए किया है?

(ख) दीवाने के आने व जाने से हर्ष और दु:ख का भाव किन्हें होता है?

(ग) दीवानों के मन पर कौन-सा भार रह जाता है?

(घ) दीवाने किनके लिए कामना करते हैं?

(ङ) दीवानों द्वारा अपनाए जाने वाले मार्ग उचित हैं या अनुचित?

2 लघु उत्तरीय प्रश्न

(क) दीवानों की राह निश्चित क्यों नहीं है? वह एक स्थान पर क्यों नहीं टिकते हैं?

(ख) प्रस्तुत कविता में दीवानों का क्या मानना है? दीवानों की किन्हीं दो विशेषताओं को बताइए।

(ग) 'दो बातें कही दो बातें सुनी' पंक्ति के माध्यम से कवि क्या कहना चाहता है?

(घ) दीवानें संसार के लोगों से किस प्रकार का संबंध रखते हैं?

(ङ) 'आबाद रहे रहने वाले' पंक्ति से कवि का क्या अभिप्राय है?

3 निम्नलिखित काव्यांशों को पढ़कर पूछे गए प्रश्नों के उत्तर दीजिए।

(1) आए बनकर उल्लास अभी,
आँसू बनकर बह चले अभी,
सब कहते ही रह गए, अरे,
तुम कैसे आए, कहाँ चले?
किस ओर चले? यह मत पूछो,
चलना है, बस इसलिए चले,
जग से उसका कुछ लिए चले
जग को अपना कुछ दिए चले।

(क) कविता के अनुसार दीवानों के मन में किस तरह का भाव रहता है?

(ख) उल्लास का भाव आँसू में परिवर्तित क्यों हो जाता है?

(ग) दीवानों ने संसार से क्या लिया और क्या दिया?

(घ) 'जग' शब्द का पर्यायवाची शब्द है

(i) प्रदेश ☐ (ii) प्रांत ☐
(iii) विश्व ☐ (iv) इनमें से कोई नहीं ☐

(ङ) 'उल्लास' शब्द का संधि-विच्छेद है

(i) उत् + लास ☐ (ii) उल् + लास ☐
(iii) उल्ल + आस ☐ (iv) उल + लास ☐

(2) हम भिखमंगों की दुनिया में,
स्वच्छंद लुटाकर प्यार चले,
हम एक निशानी-सी उर पर,
ले असफलता का भार चले।
अब अपना और पराया क्या?
आबाद रहें रुकने वाले!
हम स्वयं बँधे थे और स्वयं
हम अपने बंधन तोड़ चले।

(क) 'हम भिखमंगों की दुनिया में' पंक्ति में 'भिखमंगों' शब्द का प्रयोग क्यों किया गया है?

(ख) 'हम एक निशानी-सी उर पर' पंक्ति का आशय स्पष्ट कीजिए।

(ग) काव्यांश में निहित संदेश को स्पष्ट करें।

(घ) 'असफलता' शब्द में मूलशब्द होगा

(i) अस ☐ (ii) असफल ☐
(iii) सफल ☐ (iv) फल ☐

(ङ) 'हम एक निशानी-सी उर पर' पंक्ति में कौन-सा अलंकार निहित है?

(i) अनुप्रास ☐ (ii) उत्प्रेक्षा ☐
(iii) उपमा ☐ (iv) यमक ☐

4 निम्नलिखित पंक्तियों की व्याख्या कीजिए

(क) हम दीवानों की क्या हस्ती,
हैं आज यहाँ, कल वहाँ चले,
मस्ती का आलम साथ चला,
हम धूल उड़ाते जहाँ चले।

(ख) दो बात कही, दो बात सुनी;
कुछ हँसे और फिर कुछ रोए।
छककर सुख-दुख के घूँटों को
हम एक भाव से पिए चले।

5 निम्नलिखित वाक्यों में सही के सामने सही (✓)और गलत के सामने गलत (×) का चिह्न लगाइए।

(क) दीवाने उल्लास बनकर नहीं आए हैं। ☐
(ख) दीवानें अपने और पराएपन की भावना से ऊपर उठ चुके हैं। ☐
(ग) दीवानों से बिछुड़ने पर लोग रोते हैं। ☐
(घ) असफलता की छाप दीवानों के हाथ पर रहती है। ☐
(ङ) दीवाने इस संसार में प्यार लुटाते हैं। ☐

6 कल्पना आधारित प्रश्न

(क) यदि आप वीर सेनानी होते तो आप किस प्रकार देश की रक्षा एवं प्रगति में अपना योगदान देते? अपने शब्दों में लिखिए।

[अध्याय 5]

चिट्ठियों की अनूठी दुनिया

अरविंद कुमार सिंह

1 अतिलघु उत्तरीय प्रश्न

(क) पत्र को उर्दू, संस्कृत और कन्नड़ में क्या-क्या कहते हैं?

(ख) पत्र-लेखन ने किसका रूप ले लिया और कैसे?

(ग) संचार के साधनों के द्वारा किस प्रकार के पत्रों की संख्या लगातार बढ़ती जा रही है?

(घ) किनके पत्र स्वयं में अनुसंधान का विषय है?

(ङ) भारत में पत्र की श्रेणी में किस महान हस्ती को सबसे आगे रखा जा सकता है?

(च) गाँवों या गरीब बस्तियों में डाकिए को क्या नाम दिया जाता है?

2 लघु उत्तरीय प्रश्न

(क) जो काम पत्र करते हैं, वह संचार के आधुनिकतम साधन नहीं, कैसे? स्पष्ट कीजिए।

(ख) सैनिक पत्रों का उत्सुकता से इंतजार क्यों करते हैं? स्पष्ट कीजिए।

(ग) महासंग्राम के पत्रों ने क्या साबित किया?

(घ) गांधी जी द्वारा लिखे गए पत्रों को लोग प्रशस्तिपत्र किस कारण मानते थे?

3 दीर्घ उत्तरीय प्रश्न

(क) मानव सभ्यता के विकास में पत्रों ने अनूठी भूमिका किस प्रकार निभाई है?

(ख) संचार साधनों के विकास से पत्रों पर क्या प्रभाव पड़ा और इसके क्या परिणाम हुए?

(ग) पत्र एक धरोहर है परंतु एस. एम. एस. नहीं, कैसे? स्पष्ट कीजिए।

(घ) 'पत्र-व्यवहार की परंपरा भारत में बहुत पुरानी है।' प्रस्तुत संदर्भ का विस्तारपूर्वक वर्णन कीजिए।

4 निम्नलिखित गद्यांशों को पढ़कर पूछे गए प्रश्नों के उत्तर दीजिए

(1) वास्तव में पत्र किसी दस्तावेज़ से कम नहीं है। *पंत के दो सौ पत्र बच्चन के नाम और निराला के पत्र हमको लिख्यौ है कहा* तथा *पत्रों के आईने में दयानंद सरस्वती* समेत कई पुस्तकें आपको मिल जाएँगी। कहा जाता है कि प्रेमचंद खास तौर पर नए लेखकों को बहुत प्रेरक जवाब देते थे तथा पत्रों के जवाब में वे बहुत मुस्तैद रहते थे। इसी प्रकार नेहरू और गांधी को लिखे गए रवींद्रनाथ टैगोर के पत्र भी बहुत प्रेरक हैं। 'महात्मा और कवि' के नाम से महात्मा गांधी और रवींद्रनाथ टैगोर के बीच सन् 1915 से 1941 के बीच के पत्राचार का संग्रह प्रकाशित हुआ है, जिसमें बहुत से नए तथ्यों और उनकी मनोदशा का लेखा-जोखा मिलता है।

(क) प्रस्तुत गद्यांश के आधार पर पत्र को किससे कम नहीं आंका जा सकता है?

(ख) 'पत्रों के जवाब में वे बहुत मुस्तैद रहते थे।' प्रस्तुत पंक्ति का आशय स्पष्ट कीजिए।

(ग) महात्मा गांधी और रवींद्रनाथ टैगोर के पत्राचार से क्या पता चलता है?

(घ) 'लेखा-जोखा' शब्द का विग्रह है

(i) लेखा या जोखा ☐ (ii) लेख से जोखा ☐

(iii) लेखा और जोखा ☐ (iv) इनमें से कोई नहीं ☐

(ङ) महात्मा शब्द का संधि विच्छेद क्या है?

(i) महा + आत्मा ☐ (ii) मह + आत्मा ☐

(iii) महान + आत्मा ☐ (iv) महः + आत्मा ☐

(2) संचार के तमाम उन्नत साधनों के बाद भी चिट्ठी-पत्री की हैसियत बरकरार है। शहरी इलाकों में आलीशान हवेलियाँ हों या फिर झोपड़-पट्टियों में रह रहे लोग, दुर्गम जंगलों से घिरे गाँव हों या फिर बर्फ़बारी के बीच जी रहे पहाड़ों के लोग, समुद्र तट पर रह रहे मछुआरे हों या फिर रेगिस्तान की ढाँणियों में रह रहे लोग, आज भी खतों का ही सबसे अधिक बेसब्री से इंतजार होता है। एक या दो नहीं, करोड़ों लोग खतों और अन्य सेवाओं के लिए रोज भारतीय डाकघरों के दरवाजों तक पहुँचते हैं और इसकी बहु-आयामी भूमिका नज़र आ रही है।

(क) संचार के सभी साधन कैसे हैं?

(ख) पत्रों का इंतज़ार किन-किन लोगों को रहता है?

(ग) विभिन्न सेवाओं के लिए लोग कहाँ रोज पहुँचते हैं?

(घ) 'चिट्ठी-पत्री' शब्द में प्रयुक्त समास है

(i) द्विगु ☐ (ii) तत्पुरुष ☐

(iii) द्वंद्व ☐ (iv) इनमें से कोई नहीं ☐

(ङ) 'दुर्गम' शब्द में प्रयुक्त उपसर्ग है

(i) दुस् ☐ (ii) गम ☐

(iii) दुर् ☐ (iv) र्गम ☐

5 निम्नलिखित वाक्यों में सही के सामने सही (✓) और गलत के सामने गलत (×) का चिह्न लगाइए

(क) पत्र लेखन प्रतियोगिताओं का आयोजन सन् 1972 में किया गया। ☐

(ख) मानव सभ्यता के विकास में पत्रों की भूमिका नगण्य है। ☐

(ग) स्कूली पाठ्यक्रम में पत्र-लेखन को शामिल नहीं किया गया। ☐

(घ) सरकारी विभागों में सबसे ज़्यादा गुडविल डाक विभाग की है। ☐

6 कल्पना आधारित प्रश्न

(क) यदि आज संचार के साधन उपलब्ध नहीं होते तो आप किस प्रकार अपना संदेश संप्रेषित करते?

(ख) पत्र आदि को संदेश संप्रेषित करने का माध्यम बताया गया है उसी प्रकार कल्पना कीजिए कि अनादिकाल में संदेश संप्रेषित करने का माध्यम क्या रहा होगा?

अध्याय 6

भगवान के डाकिए

रामधारी सिंह 'दिनकर'

1 अतिलघु उत्तरीय प्रश्न

(क) पक्षी और बादल के संदेश को पढ़ने में कौन सक्षम है?

(ख) एक देश से दूसरे देश कौन जाता है?

(ग) पक्षियों के पंखों पर क्या तिरता है?

(घ) एक देश का भाप दूसरे देश में क्या बनकर गिरता है?

2 लघु उत्तरीय प्रश्न

(क) आकाश में पक्षी निरंतर क्या करते हैं?

(ख) पक्षी और बादल द्वारा लाई गई चिट्ठियों में कौन-सा संदेश निहित रहता होगा?

(ग) कवि का प्रकृति के संदेश के बारे में क्या मानना है?

(घ) 'प्रकृति देश में भेदभाव नहीं करती।' प्रस्तुत पंक्ति को तर्क सहित समझाइए।

(ङ) भगवान के डाकिए परंपरागत डाकिए से किस प्रकार भिन्न हैं?

(च) प्रस्तुत कविता में प्रकृति किस प्रकार के मानवीय क्रिया-कलाप कर रही है?

3 निम्नलिखित काव्यांशों को पढ़कर पूछे गए प्रश्नों के उत्तर दीजिए।

(1) पक्षी और बादल,
ये भगवान के डाकिए हैं,
जो एक महादेश से
दूसरे महादेश को जाते हैं।
मगर उनकी लाई चिट्ठियाँ
पेड़, पौधे, पानी और पहाड़
बाँचते हैं।

(क) प्रस्तुत काव्यांश के कवि तथा कविता का नाम लिखिए।

(ख) प्रस्तुत काव्यांश में भगवान के डाकिए किन्हें कहा गया है?

(ग) 'एक महादेश से दूसरे महादेश को जाना' पंक्ति का आशय स्पष्ट कीजिए।

(घ) 'पानी' शब्द किस संज्ञा के अंतर्गत आता है?

(i) जातिवाचक ☐ (ii) भाववाचक ☐
(iii) द्रव्यवाचक ☐ (iv) समूहवाचक ☐

(ङ) 'पेड़' शब्द का पर्यायवाची है

(i) पौधा ☐ (ii) तना ☐
(iii) शाखा ☐ (iv) वृक्ष ☐

(2) हम तो केवल यह आँकते हैं
कि एक देश की धरती
दूसरे देश को सुगंध भेजती है
और वह सौरभ हवा में तैरते हुए
पक्षियों की पाँखों पर तिरता है
और एक देश का भाप
दूसरे देश में पानी बनकर गिरता है।

(क) एक देश की धरती दूसरे देश को क्या भेजती है?

(ख) प्रकृति के अंदर कैसी भावना विद्यमान है?

(ग) प्रस्तुत काव्यांश का मूल भाव अपने शब्दों में लिखिए।

(घ) 'भगवान के डाकिए' कविता में पंख शब्द का समानार्थी शब्द है

(i) पाँख ☐ (ii) सुगंध ☐

(iii) सौरभ ☐ (iv) इनमें से कोई नहीं ☐

(ङ) 'सुगंध' शब्द में प्रयुक्त उपसर्ग है

(i) सु ☐ (ii) गम् ☐

(iii) ध ☐ (iv) स ☐

4 निम्नलिखित वाक्यों में सही के सामने सही (✓) और गलत के सामने गलत (×) का चिह्न लगाइए।

(क) मनुष्य पक्षी व बादलों के संदेश को समझने में असक्षम है। ☐

(ख) पक्षी और बादल सीमा बंधन में नहीं बँधे होते हैं। ☐

(ग) पेड़-पौधे, पहाड़, ईश्वर के संदेशवाहक हैं। ☐

(घ) मनुष्य को जाति, वर्ण के बंधन में बँधकर कार्य करना चाहिए। ☐

5 निम्नलिखित पंक्तियों की व्याख्या कीजिए

(क) हम तो समझ नहीं पाते हैं
मगर उनकी लाई चिट्ठियाँ
पेड़, पौधे, पानी और पहाड़
बाँचते हैं।

(ख) और वह सौरभ हवा में तैरते हुए
पक्षियों की पाँखों पर तिरता है।
और एक देश का भाप
दूसरे देश में पानी
बनकर गिरता है।

6 कल्पना आधारित प्रश्न

(क) कल्पना कीजिए कि यदि आप भगवान के डाकिए होते तो किस प्रकार आप संदेश संप्रेषित करते?

(ख) पक्षी और बादल संदेशवाहक की ओर से पाठ के आधार पर भगवान को एक पत्र लिखिए।

[अध्याय 7]

क्या निराश हुआ जाए

हजारी प्रसाद द्विवेदी

1 अतिलघु उत्तरीय प्रश्न

(क) पाठ के आधार पर बताइए कि ईमानदारी को किसका पर्याय माना गया है?

(ख) भारतवर्ष ने किन वस्तुओं के संग्रह को अधिक महत्त्व नहीं दिया है?

(ग) लेखक के अनुसार किनका मन सब समय पवित्र नहीं होता?

(घ) भारतवर्ष ने कभी भी किन्हें उचित नहीं माना?

(ङ) भारतवर्ष सदा कानून को किसके रूप में देखता आ रहा है?

(च) कविवर रवींद्रनाथ ठाकुर ने अपने प्रार्थना गीत में किससे प्रार्थना की थी?

2 लघु उत्तरीय प्रश्न

(क) समाचार पढ़कर लेखक का मन क्यों बैठ जाता है?

(ख) लेखक के अनुसार हर आदमी दोषी क्यों दिखाई देता है?

(ग) लेखक के अनुसार, किस प्रकार के श्रमजीवी पिस रहे हैं? पाठ के आधार पर उत्तर दीजिए।

(घ) मनुष्य में स्वाभाविक रूप से विद्यमान रहने वाले विचार किस प्रकार के होते हैं?

(ङ) लेखक से रेलवे स्टेशन पर क्या गलती हो गई थी?

(च) ठगा जाने, धोखा खाने व विश्वासघात होने में क्या अंतर है? स्पष्ट कीजिए।

3 दीर्घ उत्तरीय प्रश्न

(क) 'मानव महा-समुद्र कभी सूख नहीं सकता।' प्रस्तुत पंक्ति का आशय स्पष्ट करते हुए बताइए कि लेखक ने ऐसा क्यों कहा?

(ख) कायदे-कानून को बनाने से कोई लाभ क्यों नहीं हुआ?

(ग) 'क्या निराश हुआ जाए' अध्याय के आधार पर बताइए कि हर आदमी अपने व्यक्तिगत जीवन में किस बात का अनुभव करता है?

(घ) समाचार-पत्रों में भ्रष्टाचार के प्रति आक्रोश क्या साबित करता है? अपने शब्दों में वर्णन कीजिए।

(ङ) लेखक ने कौन-सी ठगी और वंचना की घटना का वर्णन किया जो अनेक घटित हुई घटनाओं से अधिक शक्तिशाली है।

(च) लेखक परिवार सहित जब बस में अकेला था, तब वह स्वयं को असहाय क्यों महसूस कर रहा था?

4 निम्नलिखित गद्यांशों को पढ़कर पूछे गए प्रश्नों के उत्तर दीजिए।

(1) दोषों का पर्दाफाश करना बुरी बात नहीं है। बुराई यह मालूम होती है कि किसी के आचरण के गलत पक्ष को उद्घाटित करके उसमें रस लिया जाता है और दोषोद्घाटन को एकमात्र कर्तव्य मान लिया जाता है। बुराई में रस लेना बुरी बात है, अच्छाई में उतना ही रस लेकर उजागर न करना और भी बुरी बात है। सैकड़ों घटनाएँ ऐसी घटती हैं, जिन्हें उजागर करने से लोक-चित्त में अच्छाई के प्रति अच्छी भावना जगती है।

(क) किनका पर्दाफाश करना बुरी बात नहीं है और क्यों?

(ख) एक मात्र कर्तव्य किसे मान लिया जाता है तथा कैसे? स्पष्ट कीजिए।

(ग) प्रस्तुत गद्यांश से क्या सीख मिलती है? अपने शब्दों में लिखिए।

(घ) 'दोषोद्‌घाटन' का संधि-विच्छेद है

(i) दोषो + घाटन ☐ (ii) दोष + उद्‌घाटन ☐
(iii) दोषा + घाटन ☐ (iv) दोषा + उद्‌घाटन ☐

(ङ) 'अच्छाई' शब्द किस संज्ञा के अतंर्गत आता है?

(i) व्यक्तिवाचक ☐ (ii) जातिवाचक ☐
(iii) समूहवाचक ☐ (iv) भाववाचक ☐

(2) मैं भी बहुत भयभीत था पर ड्राइवर को किसी तरह मार-पीट से बचाया। डेढ़-दो घंटे बीत गए। मेरे बच्चे भोजन और पानी के लिए व्याकुल थे। मेरी और पत्नी की हालत बुरी थी। लोगों ने ड्राइवर को मारा तो नहीं पर उसे बस से उतारकर एक जगह घेरकर रखा। कोई भी दुर्घटना होती है तो पहले ड्राइवर को समाप्त कर देना उन्हें उचित जान पड़ा। मेरे गिड़गिड़ाने का कोई विशेष असर नहीं पड़ा। इसी समय क्या देखता हूँ कि एक खाली बस चली आ रही है और उस पर हमारा बस कंडक्टर भी बैठा हुआ है। उसने आते ही कहा, ''अड्डे से नई बस लाया हूँ, इस बस पर बैठिए। वह बस चलने लायक नहीं हैं।''

(क) लेखक के भयभीत होने का क्या कारण था?

(ख) लोगों ने ड्राइवर को घेरकर क्यों रखा था?

(ग) लेखक के गिड़गिड़ाने का कोई असर क्यों नहीं हुआ?

(घ) 'इसी समय क्या देखता हूँ कि एक खाली बस चली आ रही है' प्रस्तुत वाक्य का रचना के आधार पर प्रकार बताइए।

(i) सरल वाक्य ☐ (ii) संयुक्त वाक्य ☐
(iii) विधानवाचक वाक्य ☐ (iv) मिश्रित वाक्य ☐

(ङ) 'व्याकुल' शब्द का समानर्थक शब्द है

(i) उत्सुक ☐ (ii) चिंतित ☐
(iii) बेचैन ☐ (iv) शंका ☐

5 निम्नलिखित वाक्यों में सही के सामने सही (✓) और गलत के सामने गलत (×) का चिह्न लगाइए।

(क) लोगों में मनुष्यता व दया-माया अब शेष नहीं रही। ☐

(ख) लगभग दो किलोमीटर पहले ही एक भीड़-भाड़ वाले स्थान पर बस ने जवाब दे दिया। ☐

(ग) यात्री घबराकर लेखक की बात ध्यान से सुनने को तैयार हो गए। ☐

(घ) मनुष्य की बनाई विधियों को बदला जा सकता है। ☐

(ङ) धर्म को धोखा नहीं दिया जा सकता। ☐

6 नीचे दिए गए बॉक्स में से उचित शब्द का चुनाव करके रिक्त स्थानों की पूर्ति कीजिए।

देश, ईमानदारी, विश्वास, पचास रुपये, हवाइयाँ साइकिल, भारतवर्ष, नब्बे रुपये

(क) टिकट बाबू ने लेखक के हाथ में ______________ रख दिए।

(ख) दुनिया से सच्चाई और ______________ लुप्त हो गई है।

(ग) कंडक्टर बस से उतरा और ______________ लेकर चलता बना।

(घ) ड्राइवर के चेहरे पर ______________ उड़ने लगीं।

(ङ) महान ______________ को पाने की संभावना बनी हुई है, बनी रहेगी।

7 कल्पना आधारित प्रश्न

(क) यदि आप बस में यात्रा कर रहे होते और ड्राइवर को मारते-पिटते देखते तो आप ऐसी स्थिति में क्या करते? पाठ के आधार पर अपने शब्दों में लिखिए।

____

____

(ख) समाचार पत्रों में आए दिन भ्रष्टाचार की व समाज की प्रतिष्ठा को कम करने वाली घटनाएँ घटित होती रहती हैं। आप इस प्रकार की घटनाओं को कम करने के लिए क्या प्रयास करेंगे?

____

____

अध्याय 8

यह सबसे कठिन समय नहीं

जया जादवानी

1 अतिलघु उत्तरीय प्रश्न

(क) यात्री रेलगाड़ी द्वारा कहाँ पहुँचते हैं?

(ख) प्रतीक्षा का समय कब प्रारंभ होता है?

(ग) अंतरिक्ष पार से आने वाली बस किनका समाचार लाती है?

(घ) कविता के अनुसार, लोगों के मन में किस तरह की भावना विद्यमान है?

2 लघु उत्तरीय प्रश्न

(क) कवयित्री के अनुसार, आज का समय कैसा समय नहीं है और क्यों?

(ख) पत्ती का उदाहरण देकर कवयित्री क्या समझाती है? विस्तारपूर्वक समझाएँ।

(ग) रेलगाड़ी के उदाहरण के माध्यम से कवयित्री क्या समझाना चाहती है?

(घ) कथा के आखिरी हिस्से से कवयित्री का क्या अभिप्राय है? कविता के आधार पर स्पष्ट कीजिए।

(ङ) 'थामने को बैठा है हाथ एक' पंक्ति का आशय स्पष्ट कीजिए।

(च) कवयित्री ने किसे जल्दी आने का आग्रह किया है तथा क्यों?

3 निम्नलिखित काव्यांशों को पढ़कर पूछे गए प्रश्नों के उत्तर दीजिए।

(1)

नहीं, यह सबसे कठिन समय नहीं!
अभी भी दबा है चिड़िया की
चोंच में तिनका
और वह उड़ने की तैयारी में है!
अभी भी झरती हुई पत्ती
थामने को बैठा है हाथ एक
अभी भी भीड़ है स्टेशन पर
अभी भी एक रेलगाड़ी जाती है
गंतव्य तक

(क) चिड़िया की चोंच में क्या दबा है?

(ख) चिड़िया किस तैयारी में है?

(ग) स्टेशन पर भीड़ होने के माध्यम से कवयित्री ने क्या स्पष्ट करने का प्रयास किया है?

(घ) 'बैठा है हाथ एक' पंक्ति में 'एक' शब्द है

(i) सर्वनाम ☐ (ii) क्रिया ☐ (iii) विशेषण ☐ (iv) संज्ञा ☐

(ङ) 'रेलगाड़ी' शब्द किस प्रकार का शब्द है?

(i) यौगिक ☐ (ii) रूढ़ ☐
(iii) योगरूढ़ ☐ (iv) इनमें से कोई नहीं ☐

(2)

सूरज डूबने का वक्त हो गया
अभी कहा जाता है
उस कथा का आखिरी हिस्सा
जो बूढ़ी नानी सुना रही सदियों से
दुनिया के तमाम बच्चों को
अभी आती है एक बस
अंतरिक्ष के पार की दुनिया से
लाएगी बचे हुए लोगों की खबर!
नहीं, यह सबसे कठिन समय नहीं।

(क) सूरज डूबने का वक्त किस ओर संकेत करता है?

(ख) नानी बच्चों को क्या सुनाती हैं? उनके द्वारा कहे वक्तव्य को स्पष्ट कीजिए।

(ग) 'अंतरिक्ष के पार की दुनिया से' कवयित्री का क्या अभिप्राय है? प्रस्तुत पंक्ति के माध्यम से कवयित्री का क्या आशय है?

(घ) 'आखिरी हिस्सा' शब्द में से विशेषण पृथक् कीजिए।

(i) आखिरी ☐ (ii) हिस्सा ☐
(iii) अंत ☐ (iv) इनमें से कोई नहीं ☐

(ङ) 'सूरज' शब्द है

(i) संकट ☐ (ii) तद्भव ☐ (iii) तत्सम ☐ (iv) विदेशी ☐

4 निम्नलिखित पंक्तियों की व्याख्या कीजिए

(क) थामने को बैठा है हाथ एक
अभी भी भीड़ है स्टेशन पर
अभी भी एक रेलगाड़ी जाती है
गंतव्य तक

(ख) जो बूढ़ी नानी सुना रही सदियों से
दुनिया के तमाम बच्चों को
अभी आती है एक बस
अंतरिक्ष के पार की दुनिया से
लाएगी बचे हुए लोगों की ख़बर

5 निम्नलिखित वाक्यों में सही के सामने सही (✓) और गलत के सामने गलत (×) का चिह्न लगाइए।

(क) हमें अपने लक्ष्य की ओर बढ़ने में संकोच नहीं करना चाहिए। ☐

(ख) चिड़िया रेलगाड़ी से बचने के लिए नीड़ का निर्माण करती है। ☐

(ग) यात्रियों की प्रतीक्षा उनके स्वजन करते हैं। ☐

(घ) कहानी का संपूर्ण हिस्सा अभी शेष है। ☐

(ङ) समय सदैव अच्छा होता है। ☐

6 कल्पना आधारित प्रश्न

(क) यदि आपके जीवन में कठिन समय आ जाए तब आप उस कठिन समय का सामना किस प्रकार करेंगे? विस्तारपूर्वक बताइए।

(ख) आपको अंतरिक्ष के पार की दुनिया पर जाने का मौका मिले तो आप कौन-सी तैयारियाँ करेंगे और किस प्रकार जाएँगे? अपने विचार प्रस्तुत करें।

[अध्याय 9]

कबीर की साखियाँ

कबीर

1 अतिलघु उत्तरीय प्रश्न

(क) कबीर के अनुसार, साधु-संतों से क्या नहीं पूछना चाहिए?

(ख) म्यान और तलवार किसके प्रतीक हैं?

(ग) कबीर के अनुसार, क्या हमें गाली का उत्तर देना चाहिए?

(घ) कबीर के अनुसार, हमें किसकी निंदा नहीं करनी चाहिए?

(ङ) हमें अपने मन को कैसा रखना चाहिए?

2 लघु उत्तरीय प्रश्न

(क) साधु की असली पहचान क्या है? 'कबीर की साखियाँ' के आधार पर स्पष्ट कीजिए।

(ख) गाली की संख्या एक किस प्रकार रह सकती है? स्पष्ट कीजिए।

(ग) मनकों की माला के विषय में कबीर के क्या विचार हैं?

(घ) कबीर के अनुसार, हमें किसकी पहचान करनी चाहिए?

(ङ) गाली को उलट देने पर वह एक से अनेक कैसे हो जाती है?

(च) कबीर के अनुसार, माला फेरना ढोंग कैसे है?

(छ) 'उड़ि पड़ै जब आँखि मैं, खरी दुहेली होई।' प्रस्तुत पंक्ति का आशय स्पष्ट कीजिए?

(ज) कबीर के अनुसार, संसार में कब हमारा कोई बैरी नहीं रह जाता है?

(झ) कबीर की साखी के आधार पर बताइए कि हमें सभी के प्रति कैसी भावना रखनी चाहिए?

3 निम्नलिखित काव्यांशों को पढ़कर पूछे गए प्रश्नों के उत्तर दीजिए।

(1) जाति न पूछो साधु की, पूछ लीजिए ज्ञान।
मोल करो तरवार का, पड़ा रहन दो म्यान।।
आवत गारी एक है, उलटत होइ अनेक।
कह कबीर नहिं उलटिए, वही एक की एक।।

(क) काव्यांश के आधार पर बताइए कि साधु से क्या पूछना चाहिए?

(ख) ''आवत गारी एक है, उलटत होई अनेक'' पंक्ति का आशय स्पष्ट कीजिए।

(ग) प्रस्तुत काव्यांश के अनुसार किसका मोल करना चाहिए?

(घ) 'ज्ञान' शब्द कैसा शब्द है?

(i) तद्भव ☐ (ii) तत्सम ☐
(iii) देशज ☐ (iv) विदेशी ☐

(ङ) 'तरवार' शब्द का पर्यायवाची है

(i) म्यान ☐ (ii) लोहा ☐
(iii) कृपाण ☐ (iv) काष्ठ ☐

(2) माला तो कर में फिरै, जीभि फिरै मुख माँहि।
मनुवाँ तो दहुँ दिसि फिरै, यह तौ सुमरिन नाहिं।।
कबीर घास न नींदिए, जो पाऊँ तलि होइ।
उड़ि पड़ै जब आँखि मैं, खरी दुहेली होइ।।

(क) उपर्युक्त काव्यांश के अनुसार बताइए कि भक्ति किस प्रकार व्यर्थ चली जाती है?

(ख) 'जीभि फिरै मुख माँहि' पंक्ति के माध्यम से कबीर ने क्या स्पष्ट करने का प्रयास किया है?

(ग) पाँव तले रौंदे जाने वाला तिनका क्या प्रभाव डालता है?

(घ) 'आँखि' शब्द का पर्यायवाची निम्न में से कौन-सा नहीं है?

(i) लोचन ☐ (ii) नेत्र ☐
(iii) नयन ☐ (iv) वारि ☐

(ङ) 'सुमरिन' शब्द का अर्थ है

(i) स्मरण ☐ (ii) ज्ञान ☐
(iii) सम्मान ☐ (iv) अपमान ☐

5 **निम्नलिखित वाक्यों में सही के सामने सही (✓)और गलत के सामने गलत (×) का चिह्न लगाइए।**

(क) हमें पाखंड, ढोंग को छोड़कर मन को वश में करना चाहिए। ☐
(ख) घास का तिनका निर्बल वर्ग का प्रतीक है। ☐
(ग) हमें अपने अंहकार को त्याग देना चाहिए। ☐
(घ) मनुष्य का मन छल-कपट से पूर्ण होना चाहिए। ☐
(ङ) कबीर ने सधुक्कड़ी भाषा का प्रयोग किया है। ☐

6 **कल्पना आधारित प्रश्न**

(क) यदि आपसे कोई व्यक्ति या आपका सहपाठी अपशब्द कहे, तो आप उसके साथ किस प्रकार का व्यवहार करेंगे?

(ख) कल्पना कीजिए कि आपके समक्ष निर्बल या कमज़ोर व्यक्ति पर अत्याचार किया जा रहा ऐसी स्थिति में आप क्या करेंगे? क्या आप उस निर्बल व्यक्ति की सहायता करेंगे? यदि हाँ, तो किस प्रकार? स्पष्ट कीजिए।

(अध्याय 10)

कामचोर

इस्मत चुगताई

1 अतिलघु उत्तरीय प्रश्न

(क) वाद-विवाद के पश्चात् किसे घर से निकालना तय किया गया?

(ख) 'कामचोर' अध्याय में किस तरह के फरमान जारी करने की बात कही गई है?

(ग) बच्चों की बड़ी फौज़ को किस प्रकार की धमकी मिल चुकी थी?

(घ) दो मुर्गियाँ कहाँ दौड़ती-फड़फड़ाती हुई निकल गईं?

(ङ) अम्मा कहाँ जाने के लिए सामान बाँधने लगी?

(च) अब्बा ने सभी लोगों को कहाँ खड़ा कर दिया?

(छ) कौन अपनी तरकारी का बचाव करने के लिए सीना तान कर उठ गई?

2 लघु उत्तरीय प्रश्न

(क) व्यक्ति को अपना काम खुद करने की आदत क्यों होनी चाहिए?

(ख) बच्चों ने कौन-सा सपना देखकर काम करना शुरू किया?

(ग) बच्चों ने हिलकर पानी पीना शुरू क्यों कर दिया? हिलकर पानी पीने का क्या परिणाम हुआ?

(घ) बच्चों द्वारा झाड़ू देने से पहले पानी न छिड़कने से क्या हुआ? उसके पश्चात् बच्चों ने क्या कार्य किया?

(ङ) हज्जन माँ 'मारो-मारो' क्यों चीखने लगी?

(च) भैंस के पैरों को किससे बाँधा गया और क्यों? भैंस ने चौकन्नी होकर क्या करतब दिखाया?

(छ) कामचोर अध्याय के अंत में बच्चों ने क्या निर्णय लिया?

3 दीर्घ उत्तरीय प्रश्न

(क) दरी झटकने से घर का वातावरण कैसा हो गया और उसका क्या प्रभाव पड़ा? विस्तारपूर्वक बताइए।

(ख) झाड़ू के पुर्जे-पुर्जे कैसे हो गए? कारण सहित उत्तर दीजिए।

(ग) दिन-भर की भूखी भेड़ों ने क्या ऊधम मचाया? भेड़ों के दौड़ने के बाद नज़ारा कैसा था?

(घ) नल पर घमासान होने का क्या परिणाम हुआ? विस्तार से बताइए।

(ङ) बच्चों की धींगामुश्ती का क्या परिणाम हुआ? विस्तार से चर्चा कीजिए।

(च) अम्मा द्वारा चुनौती देने का क्या कारण? विस्तारपूर्वक बताइए।

(छ) 'कामचोर' कहानी से क्या सीख मिलती है? अपने शब्दों में लिखिए।

4 निम्नलिखित गद्यांशों को पढ़कर पूछे गए प्रश्नों के उत्तर दीजिए।

(1) ''बहुत-से काम हैं, जो तुम कर सकते हो। मिसाल के लिए, यह दरी कितनी मैली हो रही है। आँगन में कितना कूड़ा पड़ा है। पेड़ों में पानी देना है और भाई मुफ़्त तो यह काम करवाए नहीं जाएँगे। तुम सबको तनख़्वाह भी मिलेगी।''
अब्बा मियाँ ने कुछ काम बताए और दूसरे कामों का हवाला भी दिया-माली को तनख़्वाह मिलती है। अगर सब बच्चे मिलकर पानी डालें, तो........

(क) प्रस्तुत गद्यांश के आधार पर बताइए कि बच्चों के करने योग्य कौन-कौन से काम हैं?

(ख) आँगन में क्या पड़ा हुआ है?

(ग) ''तुम सबको तनख़्वाह मिलेगी'' यह कथन किसने, किससे कहा?

(घ) 'मैली' शब्द का विपरीतार्थक शब्द है

(i) साफ़ ☐ (ii) गंदी ☐
(iii) सुंदर ☐ (iv) स्वच्छ ☐

(ङ) 'कुछ' शब्द कौन-सा सर्वनाम है?

(i) प्राणिवाचक ☐ (ii) संकेतवाचक ☐
(iii) अनिश्चयवाचक ☐ (iv) निश्चयवाचक ☐

(2) तूफ़ान गुजरने के बाद पता चला कि प्याले खाली हैं और सारी खीर दीदी के कामदानी के दुपट्टे और ताजे धुले सिर पर लगी हुई है। एक बड़ा-सा मुर्गा अम्मा के खुले हुए पानदान में कूद पड़ा और कत्थे-चूने में लुथड़े हुए पंजे लेकर नानी अम्मा की सफ़ेद दूध जैसी चादर पर छापे मारता हुआ निकल गया। एक मुर्गी दाल की पतीली में छपाक मारकर भागी और सीधा जाकर मोरी में इस तेज़ी से फिसली कि सारी कीचड़ मौसी जी के मुँह पर पड़ी जो बैठी हुई हाथ-मुँह धो रही थीं। इधर सारी मुर्गियाँ बेनकेल का ऊँट बनी चारों तरफ़ दौड़ रही थीं।

(क) तूफ़ान गुजरने के बाद क्या हुआ?

(ख) मुर्गी के भागने का क्या परिणाम हुआ?

(ग) 'बेनकेल का ऊँट' किस संदर्भ में कहा गया है? स्पष्ट कीजिए।

(घ) हाथ-मुँह में कौन-सा समास है?

(i) द्वंद्व ☐ (ii) अव्ययीभाव ☐
(iii) द्विगु ☐ (iv) तत्पुरुष ☐

(ङ) ''मुर्गा कूद पड़ा।'' पंक्ति में कौन-सी क्रिया है?

(i) अकर्मक ☐ (ii) सकर्मक ☐
(iii) द्विकर्मक ☐ (iv) प्रेरणार्थक ☐

5 निम्नलिखित वाक्यों में सही के सामने सही (✓) और गलत के सामने गलत (×) का चिह्न लगाइए

(क) घर के बच्चे पतले हैं और कोई काम खुद नहीं करते। ☐

(ख) पानी के मटकों के पास ही घमासान युद्ध हो गया। ☐

(ग) कोई भी मुर्गी दड़बे में जाने को तैयार न थी। ☐

(घ) तनख़्वाह के सपने देखते हुए बच्चे काम पर तुल गए। ☐

(ङ) कुछ दूध ज़मीन पर और कपड़ों पर गिर गया। ☐

6 निम्नलिखित वाक्यों में उचित शब्द चुनकर रिक्त स्थानों की पूर्ति कीजिए।

आनंदित, मुर्गी, खाना, भेड़ें, काम, तरकारी वाली, काम, व्याकुल

(क) यह भला क्या ________________ करेंगे।

(ख) किसी को सूझी कि जो ________________ आई हुई हैं, लगे हाथ उन्हें भी दाना खिला दिया जाए।

(ग) भेड़ें सूप को भूलकर ________________ की टोकरी पर टूट पड़ीं।

(घ) बछड़े की ममता में ________________ होकर भैंस ने अपने खुरों को ब्रेक लगा दिए।

(ङ) बच्चों का रात का ________________ बंद हो जाएगा।

7 कल्पना आधारित प्रश्न

(क) यदि आपके घर से नौकरों को निकाल दिया जाए तो ऐसी स्थिति में आप किस प्रकार घर के कार्यों में अपना योगदान देकर अपने परिवार की सहायता कर सकते हैं? अपने विचार लिखिए।

____

____

(ख) कल्पना कीजिए कि आपके घर में मुर्गा-मुर्गी, गाय, भैंस आदि पालतू पशु हैं, आप उनका ध्यान किस प्रकार रखेंगे तथा उनके साथ आत्मीय संबंध बनाए रखने हेतु क्या करेंगे? विस्तारपूर्वक बताइए।

____

____

अध्याय 11

जब सिनेमा ने बोलना सीखा

प्रदीप तिवारी

1 अतिलघु उत्तरीय प्रश्न

(क) भारतीय सिनेमा में बदलाव के दिन की ऐतिहासिक तारीख कौन-सी थी?

(ख) मूक सिनेमा किस शिखर पर पहुँच चुका था?

(ग) आलमआरा फिल्म में कौन-कौन से वाद्य प्रयोग किए गए हैं?

(घ) आलमआरा फिल्म की शूटिंग कब करनी पड़ती थी?

(ङ) आलमआरा फिल्म को समीक्षकों ने कैसी फिल्म करार दिया था?

2 लघु उत्तरीय प्रश्न

(क) मूक सिनेमा किस प्रकार का होता है? संक्षेप में बताइए।

(ख) किसके मन में बोलती फिल्म बनाने की इच्छा जागी और उन्होंने फिल्म की पटकथा किस प्रकार बनाई?

(ग) आलमआरा फिल्म का पहला गाना कौन-सा था और इस फिल्म की लोकप्रियता का क्या कारण था?

(घ) विट्ठल का मुकदमा किसने लड़ा था? वह कौन थे? संक्षेप में बताइए।

3 दीर्घ उत्तरीय प्रश्न

(क) विट्ठल के चयन को लेकर क्या किस्सा चर्चित है? विस्तार से बताइए।

(ख) सवाक् सिनेमा को ब्रिटिश शासकों की तीखी नज़र का सामना क्यों करना पड़ा? तर्क सहित उत्तर दीजिए।

(ग) मूक फिल्मों के दौर में किस प्रकार से काम चल जाया करता था?

(घ) सवाक् फिल्मों के आने से क्या-क्या परिवर्तन हुए? विस्तारपूर्वक समझाइए।

4 निम्नलिखित गद्यांशों को पढ़कर उन पर आधारित प्रश्नों के उत्तर दीजिए।

(1) फिल्म की नायिका जुबैदा थीं। नायक थे विट्ठल। वे उस दौर के सर्वाधिक पारिश्रमिक पाने वाले स्टार थे। उनके चयन को लेकर भी एक किस्सा काफी चर्चित था। विट्ठल को उर्दू बोलने में मुश्किलें आती थीं। पहले उनका बतौर नायक चयन किया गया, मगर इसी कमी के कारण उन्हें हटाकर उनकी जगह महबूब को नायक बना दिया गया। विट्ठल नाराज़ हो गए और अपना हक पाने के लिए उन्होंने मुकदमा कर दिया।

(क) आलमआरा फिल्म की नायिका और नायक का नाम बताइए।

(ख) 'वे उस दौर के सर्वाधिक पारिश्रमिक पाने वाले स्टार थे।' प्रस्तुत पंक्ति का आशय स्पष्ट कीजिए।

(ग) महबूब को नायक बनाने के पीछे क्या कारण था?

(घ) 'सर्वाधिक' शब्द का संधि-विच्छेद है

(i) सर्व + अधिक ☐ (ii) सर्वा + अधिक ☐
(iii) सव + अंधिक ☐ (iv) सर्वा + आधिक ☐

(ङ) किस्सा किस प्रकार का शब्द है?

(i) विदेशज ☐ (i) अरबी ☐
(iii) देशज ☐ (iv) फारसी ☐

(2) अभिनेताओं-अभिनेत्रियों की लोकप्रियता का असर उस दौर के दर्शकों पर भी खूब पड़ रहा था। 'माधुरी' नाम की फिल्म में नायिका सुलोचना की हेयर स्टाइल उस दौर की औरतों में लोकप्रिय थी। औरतें अपनी केश-सज्जा उसी तरह कर रही थीं। अर्देशिर ईरानी की फिल्मों में भारतीय के अलावा ईरानी कलाकारों ने भी अभिनय किया था। स्वयं 'आलमआरा', भारत के अलावा श्रीलंका, बर्मा और पश्चिम एशिया में भी पसंद की गई।

(क) अभिनेता-अभिनेत्रियों की लोकप्रियता का असर किस पर पड़ रहा था? तथा कैसे?

(ख) सुलोचना किस फिल्म में नायिका थी तथा उसकी लोकप्रियता का क्या कारण था?

(ग) फिल्म में किस-किस ने अभिनय किया एवं फिल्म की प्रसिद्धि कहाँ तक हुई?

(घ) 'लोकप्रिय' शब्द में समास है।

(i) बहुव्रीहि (ii) तत्पुरुष
(iii) द्वंद्व (iv) द्विगु

(ङ) 'भारतीय' शब्द में प्रयुक्त प्रत्यय है

(i) तीय (ii) ती
(iii) ईय (iv) य

5 निम्नलिखित वाक्यों में सही के सामने सही (✓) और गलत के सामने गलत (×) का चिह्न लगाइए

(क) पहली बोलती फिल्म आलमआरा थी।
(ख) आलमआरा फिल्म से पहले ही प्रकाश प्रणाली का प्रारंभ हो गया था।
(ग) यह फिल्म दस हज़ार फुट लंबी थी।
(घ) अर्देशिर की कंपनी ने भारतीय सिनेमा के लिए डेढ़ सौ से अधिक मूक फिल्में बनाईं।
(ङ) सिनेमा के लिए पढ़े-लिखे अभिनेता-अभिनेत्रियों की ज़रूरत नहीं थी।

6 निम्नलिखित वाक्यों में उचित शब्द चुनकर रिक्त स्थानों की पूर्ति कीजिए

अर्देशिर, जान, वाद्य, पृथ्वीराज कपूर, संगीतकार, फाल्के, शान, आठ

(क) अर्देशिर के पास कोई ________ नहीं था।
(ख) फिल्म ________ सप्ताह तक 'हाउसफुल' चली।
(ग) ऐसी ही एक फिल्म थी 'खुदा की ________।'
(घ) ________ को भारतीय सवाक् फिल्मों का पिता कहा गया।
(ङ) 'आलमआरा' फिल्म में ________ जैसे अभिनेता मौजूद रहे।

7 कल्पना आधारित प्रश्न

(क) यदि आप फिल्मकार होते तो आप किस प्रकार की फिल्मों का निर्माण करते तथा फिल्म को लोकप्रिय बनाने हेतु कौन-कौन से प्रयास करते?

(ख) जिस फिल्म को आपने पहले न देखा हो उस फिल्म को बिना आवाज़ के सुनने व समझने के पश्चात् अपनी कल्पना के आधार पर एक कहानी लिखिए।

[अध्याय 12]

सुदामा-चरित

नरोत्तमदास

1 अतिलघु उत्तरीय प्रश्न

(क) सुदामा कहाँ व किससे मिलने के लिए जाते हैं?

(ख) पद्यांश में 'करुणानानिधि' शब्द का प्रयोग किसके लिए हुआ है?

(ग) कृष्ण ने सुदामा के पैरों को किस जल से धोया?

(घ) सुदामा को देखकर कृष्ण ने उनका स्वागत किस प्रकार किया?

(ङ) सुदामा क्या ढूँढ पाने में असमर्थ था?

2 लघु उत्तरीय प्रश्न

(क) द्वारपाल ने ब्राह्मण की दीन दशा का वर्णन किसके सामने और किस तरह से किया?

(ख) सुदामा की फटी एड़ियों एवं दीन अवस्था को देखकर कृष्ण ने क्या कहा?

(ग) सुदामा को पोटली किसने दी? वे पोटली को कहाँ छिपा रहे थे और क्यों?

(घ) सुदामा कृष्ण के बचपन की किन बातों के बारे में सोचता है? विस्तारपूर्वक बताएँ।

(ङ) सुदामा की झोंपड़ी में क्या परिवर्तन आ गया था और कैसे?

(च) 'कहा भयो जो अब भयो, हरि को राज-समाज।' प्रस्तुत पंक्ति का आशय स्पष्ट कीजिए।

3 निम्नलिखित काव्यांशों को पढ़कर उन पर आधारित प्रश्नों के उत्तर दीजिए

(1) सीस पगा न झँगा तन में, प्रभु! जाने को आहि बसे केहि ग्रामा।
धोती फटी-सी लटी दुपटी, अरु पाँय उपानह को नहिं सामा।।
द्वारा खड़ो द्विज दुर्बल एक, रह्यो चकिसों बसुधा अभिरामा।
पूछत दीनदयाल को धाम, बतावत आपनो नाम सुदामा।।

(क) सुदामा कृष्ण के दरबार में किस स्थिति में आए थे?

(ख) सुदामा वसुधा को चकित होकर क्यों देख रहे थे?

(ग) 'पूछत दीनदयाल को धाम, बतावत आपनो नाम सुदामा।' प्रस्तुत पंक्ति का आशय स्पष्ट कीजिए।

(घ) वसुधा का पर्याय क्या है?

(i) गगन ☐ (ii) अभिराम ☐
(iii) पृथ्वी ☐ (iv) धाम ☐

(ङ) दुर्बल का विलोम क्या है?

(i) निर्बल ☐ (ii) मजबूत ☐
(iii) सबल ☐ (iv) शक्तिशाली ☐

(2) वैसोई राज-समाज बने, गज, बाजि घने मन संभ्रम छायो।
कैधों पर्‍यो कहुँ मारग भूलि, कि फैरि कै मैं अब द्वारका आयो।।
भौन बिलोकिबे को मन लोचत, अब सोचत ही सब गाँव मझायो।
पूँछत पाँडे फिरे सब सों, पर झोपरी को कहुँ खोज न पायो।।

(क) सुदामा अपने गाँव जाकर विस्मित क्यों हो गया?

(ख) सुदामा के मन में किस प्रकार की चाह थी?

(ग) सुदामा को द्वारका की तरह क्या-क्या दिखाई दिया?

(घ) 'मारग' (मार्ग) का पर्यायवाची क्या है?

(i) पथ ☐ (ii) पथिक ☐

(iii) यहाँ ☐ (iv) वाहन ☐

(ङ) 'कैधों' शब्द है।

(i) खड़ी बोली ☐ (ii) अवधी ☐

(iii) ब्रजभाषा ☐ (iv) बिहारी ☐

4 निम्नलिखित पंक्तियों की व्याख्या कीजिए।

(क) कछु भाभी हमको दियो, सो तुम काहे न देत।
चाँपि पोटटी काँख में, रहे कहो केहि हेतु।।

(ख) घर-घर कर ओड़त फिरे, तनक दही के काज।
हौं आवत नाहीं हुतौ, वाही पठयो ठेलि।।

5 निम्नलिखित सही कथनों के सामने सही (✓) और गलत कथनों के सामने गलत (×) का चिह्न लगाइए

(क) श्रीकृष्ण और सुदामा आश्रम में सहपाठी थे। ☐

(ख) श्रीकृष्ण आगे चलकर द्वारपाल बन गए। ☐

(ग) सुदामा की आर्थिक दशा अत्यंत खराब हो गई थी। ☐

(घ) सुदामा की विपन्नता संपन्नता में बदल चुकी थी। ☐

6 कल्पना आधारित प्रश्न

(क) यदि आपका कोई मित्र दीन-हीन अवस्था में आपसे भेंट करने आता है तो आप उसकी ऐसी स्थिति को देखकर क्या करेंगे? अपने विचार प्रस्तुत कीजिए।

(ख) सुदामा और कृष्ण के माध्यम से सच्ची मित्रता को प्रदर्शित किया गया है ऐसी ही किसी सच्ची मित्रता की घटना की कल्पना करके एक अनुच्छेद लिखिए।

अध्याय 13

जहाँ पहिया है

पी. साईनाथ (अनु.)

1 अतिलघु उत्तरीय प्रश्न

(क) पुडुकोट्टई गाँव किस राज्य में है?

(ख) पुडुकोट्टई में साइकिल चलाना किस आंदोलन का उदाहरण है?

(ग) पुडुकोट्टई की ग्रामीण महिलाओं के कितने हिस्से ने साइकिल चलाना सीखा?

(घ) पुडुकोट्टई की ग्रामीण महिलाओं ने अपने नए कौशल का प्रदर्शन कहाँ किया?

(ङ) पुडुकोट्टई की मुस्लिम लड़कियाँ किस पृष्ठभूमि से आई थीं?

(च) पुडुकोट्टई की महिलाओं ने जब साइकिल चलाना शुरू किया तो लोग क्या करते थे?

(छ) पुडुकोट्टई की फातिमा किस स्कूल में पढ़ाती हैं?

2 लघु उत्तरीय प्रश्न

(क) साइकिल चलाने से महिलाओं में किस गुण का विकास हुआ और कैसे?

(ख) साइकिल प्रशिक्षण शिविर क्यों खोले गए? कारण बताइए।

(ग) प्रशिक्षित महिला साइकिल सवार, नई महिला साइकिल सवार के साथ कैसा व्यवहार करती है?

(घ) अंतर्राष्ट्रीय महिला दिवस के दिन जिला पुडुकोट्टई में महिला साइकिल सवारों ने क्या किया?

(ङ) महिलाओं द्वारा साइकिल चलाने के विषय में पुरुषों का क्या मानना था?

(च) बाईस वर्षीय मनोरमनी ने लेखक को अपने इलाके के विषय में क्या बताया?

3 दीर्घ उत्तरीय प्रश्न

(क) जमीला बीवी ने यह क्यों कहा कि यह मेरा अधिकार है और इससे उसकी किस भावना का पता चलता है?

(ख) फातिमा को साइकिल चलाने का चाव है, कैसे पता चलता है? विस्तारपूर्वक बताइए।

(ग) साइकिल आंदोलन के प्रशंसक कौन-कौन-से हैं और क्यों?

(घ) पुडुकोट्टई की महिलाएँ किस प्रकार पिता, भाई, पति, बेटों पर निर्भर थीं? उन्हें किस प्रकार की परेशानियों का सामना करना पड़ता था? विस्तारपूर्वक बताइए।

(ङ) लेखक के द्वारा ग्रामीण महिलाओं से बात करने पर, महिलाओं ने साइकिल और आज़ादी के बीच कैसा संबंध बताया और क्यों?

(च) 'साइकिल प्रशिक्षण शिविर देखना एक असाधारण अनुभव है,' कैसे? पाठ के आधार पर विस्तारपूर्वक बताइए।

4 निम्नलिखित गद्यांशों को पढ़कर पूछे गए प्रश्नों के उत्तर दीजिए

(1) साइकिल आंदोलन की एक अगुआ का कहना है, "मुख्य बात यह है कि इस आंदोलन ने महिलाओं को बहुत आत्मविश्वास प्रदान किया। महत्त्वपूर्ण यह है कि इसने पुरुषों पर उनकी निर्भरता कम कर दी है। अब हम प्राय: देखते हैं कि कोई औरत अपनी साइकिल पर चार किलोमीटर तक की दूरी आसानी से तय कर पानी लाने जाती हैं। कभी-कभी साथ में उसके बच्चे भी होते हैं। यहाँ तक कि साइकिल से दूसरे स्थानों से सामान ढोने की व्यवस्था भी खुद ही की जा सकती है, लेकिन यकीन मानिए, जब इन्होंने साइकिल चलाना

शुरू किया तो इन पर लोगों ने जमकर प्रहार किया जिसे इन्हें झेलना पड़ा। गंदी-गंदी टिप्पणियाँ की गईं, लेकिन धीरे-धीरे साइकिल चलाने को सामाजिक स्वीकृति मिली, इसलिए महिलाओं ने इसे अपना लिया।

(क) प्रस्तुत गद्यांश में साइकिल आंदोलन के विषय में क्या बताया गया है?

(ख) साइकिल आंदोलन ने महिलाओं को नई पहचान दी है, कैसे?

(ग) शुरुआती दौर में साइकिल चलाते समय महिलाओं को किन परिस्थितियों का सामना करना पड़ा?

(घ) 'प्रहार' शब्द में उपसर्ग है।

(i) प्र ☐ (ii) पर ☐
(iii) प्रह ☐ (iv) प्रा ☐

(ङ) 'सामाजिक' में प्रत्यय है।

(i) क ☐ (ii) इक ☐
(iii) ईक ☐ (iv) जिक ☐

(2) इससे आय में वृद्धि हुई है। यहाँ की कुछ महिलाएँ अगल-बगल के गाँवों में कृषि संबंधी अथवा अन्य उत्पाद बेच आती हैं। साइकिल की वजह से बसों के इंतजार में व्यय होने वाला उनका समय बच जाता है। खराब परिवहन व्यवस्था वाले स्थानों के लिए तो यह बहुत महत्त्वपूर्ण है। दूसरे, इससे इन्हें इतना समय मिल जाता है कि ये अपने सामान बेचने पर ज्यादा ध्यान केंद्रित कर पाती हैं। तीसरे, इससे ये और अधिक इलाकों में जा पाती हैं। अंतिम बात यह है कि अगर आप चाहें तो इससे आराम करने का काफी समय मिल सकता है।

(क) साइकिल आंदोलन से आय में किस प्रकार वृद्धि हुई है? बताइए।

(ख) साइकिल की वजह से किसके इंतजार में व्यय होने वाला समय बच जाता है?

(ग) खराब परिवहन व्यवस्था वाले स्थान पर साइकिल किस प्रकार महत्त्वपूर्ण स्थान रखती है?

(घ) 'व्यय' का विलोम है।

(i) वृद्धि ☐ (ii) आय ☐
(iii) कम ☐ (iv) अधिक ☐

(ङ) 'इंतज़ार' शब्द है

(i) विदेशी ☐ (ii) देशी ☐
(iii) तत्सम ☐ (iv) तद्भव ☐

5 निम्नलिखित कथनों में सही कथन के सामने सही (✓) और गलत कथन के सामने गलत (✗) का चिह्न लगाइए।

(क) महिलाओं ने मजबूरी के कारण प्रतीक के रूप में साइकिल को चुना ☐

(ख) साइकिल आंदोलन ने पुरुषों पर उनकी निर्भरता अधिक कर दी है। ☐

(ग) खराब परिवहन व्यवस्था वाले स्थानों के लिए साइकिल ठीक नहीं है। ☐

(घ) महिलाएँ लेडीज़ साइकिल की जगह जेंट्स साइकिलें खरीदने लगीं। ☐

(ङ) ग्रामीण महिलाओं के लिए साइकिल बहुत बड़ी उपलब्धि है। ☐

6 नीचे दिए गए बॉक्स में से उचित शब्द का चुनाव करके रिक्त स्थानों की पूर्ति कीजिए

तरह, भाँति गुलामी, गरीब, आज़ादी, आत्मसम्मान, प्रतिष्ठा, अमीर, नवसाक्षर

(क) भारत के सर्वाधिक ________ जिलों में से एक है, पुडुकोट्टई।

(ख) हज़ारों ________ ग्रामीण महिलाओं के लिए यह आम बात है।

(ग) साइकिल चलाने में एक खास ________ की आज़ादी है।

(घ) मैं साइकिल को ________ का प्रतीक नहीं समझता था।

(ङ) साइकिल प्रशिक्षण से महिलाओं में ________ की भावना पैदा हुई है।

7 कल्पना आधारित प्रश्न

(क) कल्पना कीजिए कि यदि आज परिवहन के साधन उपलब्ध नहीं होते तो ऐसी स्थिति में आपको किन-किन कठिनाइयों का सामना करना पड़ता?

____

____

(ख) प्रस्तुत पाठ में पुरुष, महिलाओं का साइकिल चलाने पर विरोध करते है। यदि आज भी महिलाओं की स्वतंत्रता छीन कर विरोध किया जाए तो उसका परिणाम क्या होगा?

____

____

[अध्याय 14]

अकबरी लोटा

अन्नपूर्णानंद वर्मा

1 अतिलघु उत्तरीय प्रश्न

(क) लाला झाऊलाल की चिंता का क्या कारण था?

(ख) लाला झाऊलाल कहाँ टहल रहे थे?

(ग) लाला झाऊलाल का लोटा किसके पैर पर जा गिरा?

(घ) बिलवासी मिश्र ने लोटे को कैसा बताया?

(ङ) लाला झाऊलाल के लोटे ने किसकी प्यास बुझाई थी?

(च) लोटे के माध्यम से अंग्रेज़ किसे नीचा दिखाना चाहता था?

(छ) 'अकबरी लोटा' कहानी के अंत में लोटा किसे प्राप्त हुआ?

2 लघु उत्तरीय प्रश्न

(क) रुपये की माँग सुनकर लाला झाऊलाल की क्या दशा हुई?

(ख) लाला झाऊलाल मन-ही-मन क्या सोच रहे थे?

(ग) झाऊलाल की विपदा सुनकर बिलवांसी जी ने झाऊलाल को किस प्रकार उसकी मदद करने का आश्वासन दिया?

(घ) लाला झाऊलाल को किस बात पर गुस्सा आ रहा था?

(ङ) लाला झाऊलाल के आँगन में एकत्रित भीड़ का प्रधान कौन और कैसा था?

(च) हुमायूँ की जान कैसे बची थी?

(छ) नूरजहाँ के किस भोलेपन पर जहाँगीर निछावर हो गया था?

3 दीर्घ उत्तरीय प्रश्न

(क) अंग्रेज़ नख-शिख तक भीग कैसे गया था और अपने पैर को क्यों सहला रहा था?

(ख) बुजुर्गों ने पानी पीने के संबंध में क्या नियम बनाए हैं? लाला झाऊलाल के हाथ से लोटा गिरने पर क्या हुआ? विस्तारपूर्वक बताइए।

(ग) बिलवासी मिश्र झगड़ते हुए अंग्रेज़ का विरोध करने के बजाय उसका साथ क्यों दे रहे थे?

(घ) साहब द्वारा यह पूछने पर कि आप लोटे का क्या करेंगे बिलवासी जी ने क्या उत्तर दिया? अपने शब्दो में बताए।

(ङ) बिलवासी जी के नींद न आने का क्या कारण था? उन्होंने सोने की सिकड़ी निकालकर क्या किया? विस्तारपूर्वक बताइए।

4 **निम्नलिखित गद्यांशों को पढ़कर उन पर आधारित प्रश्नों के उत्तर दीजिए**

(1) हफ़्ते का अंतिम दिन कल ढाई सौ रुपये या तो गिन देना है या सारी हेंकड़ी से हाथ धोना है। यह सच है कि कल रुपया न आने पर उनकी स्त्री उन्हें डामलफाँसी न कर देगी—केवल ज़रा-सा हँस देगी। पर वह कैसी हँसी होगी, कल्पना मात्र से झाऊलाल में मरोड़ पैदा हो जाती थी।

(क) झाऊलाल की पत्नी ने उसे पैसे देने के लिए कितने दिन का समय दिया था?

(ख) लाला झाऊलाल को अपनी पत्नी से किस प्रकार का भय था?

(ग) किसकी कल्पना मात्र से झाऊलाल में मरोड़ पैदा हो जाती थी?

(घ) 'अंतिम' शब्द का पर्यायवाची क्या है?

(i) आखिरी ☐ (ii) प्रथम ☐
(iii) शुरू ☐ (iv) सरल ☐

(ङ) 'मरोड़ पैदा हो जाना' का अर्थ है

(i) सँभल जाना ☐ (ii) डर जाना ☐
(iii) आश्वस्त होना ☐ (iv) खुश होना ☐

(2) वह पानी तो ज़रूर लाईं पर गिलास लाना भूल गई थीं। केवल लोटे में पानी लिए वह प्रकट हुईं। फिर लोटा भी संयोग से वह जो अपनी बेढंगी सूरत के कारण लाला झाऊलाल को सदा से नापसंद था। था तो नया, साल दो साल का ही बना पर कुछ ऐसी गढ़न उस लोटे की थी कि उसका बाप डमरू, माँ चिलम रही हो।

(क) लाला झाऊलाल की पत्नी पानी के साथ क्या लाना भूल गई थी?

(ख) लाला को लोटा नापसंद किस कारण से था?

(ग) लोटे का आकार कैसा था?

(घ) 'संयोग' शब्द में उपसर्ग है

(i) सं ☐ (ii) सम् ☐
(iii) सम ☐ (iv) सम्म ☐

(ङ) 'गढ़न' का अर्थ है

(i) रचना ☐ (ii) निर्माण ☐
(iii) बनावट ☐ (iv) सुंदर ☐

5 **निम्नलिखित वाक्यों में सही के सामने सही (✓) और गलत के सामने गलत (×) का चिह्न लगाइए**

(क) झाऊलाल को दुकानों से लगभग पाँच सौ रुपये किराया आता था। ☐

(ख) लाला झाऊलाल ने सात दिन में रुपये देने की बात कही। ☐

(ग) जहाँगीर को लोटा प्रिय होने के कारण वह अकबरी लोटा कहलाया। ☐

(घ) बिलवासी जी ने ढाई सौ रुपये लाला झाऊलाल के आगे फेंक दिए। ☐

(ङ) मेजर डगलस हिंदुस्तान से जहाँगीरी अंडा ले गए थे। ☐

6 **नीचे दिए गए बॉक्स में से उचित शब्द का चुनाव करके रिक्त स्थानों की पूर्ति कीजिए।**

नखशिख, सायबान, चाबी, ऐतिहासिक, दरवाज़े, सिकड़ी, बनारस, पानी, नई

(क) लाला झाऊलाल का ________ के ठठेरी बाज़ार में मकान था।

(ख) लाला अपना गुस्सा पीकर ________ पीने लगा।

(ग) गिरने से पूर्व लोटा एक दुकान के ________ से टकराया।

(घ) साहब को पुरानी और ________ चीज़ों के संग्रह करने का शौक था।

(ङ) बिलवासी जी ने पत्नी के गले से सोने की ________ निकाली।

7 **कल्पना आधारित प्रश्न**

(क) प्रस्तुत पाठ में 'अकबरी लोटा' व 'जहाँगीरी अंडा' से संबंधित प्रसंग का वर्णन किया गया है। इसी प्रकार के अन्य ऐतिहासिक प्रसंगों की कल्पना करके एक मौलिक कहानी की रचना कीजिए।

____

____

(ख) 'अकबरी लोटा' पाठ में बिलवासी जी ने अंग्रेज़ को मूर्ख बनाया। यदि आप अंग्रेज़ के स्थान पर होते और आपको मूर्ख बनाए जाने पर सच्चाई का पता चल जाता तो आप क्या करते?

____

____

अध्याय 15

सूरदास के पद

सूरदास

1 अतिलघु उत्तरीय प्रश्न

(क) कृष्ण अपनी माता से किसके बारे में पूछ रहे हैं?

(ख) श्रीकृष्ण अपनी माता को क्या देते हैं?

(ग) माता यशोदा ने श्रीकृष्ण को गले लगाकर क्या दिया?

(घ) गोपी यशोदा के पास क्या करने आई थी?

2 लघु उत्तरीय प्रश्न

(क) श्रीकृष्ण चोटी के बारे में माता से क्या शिकायत करते हैं?

(ख) माता यशोदा कृष्ण को कच्चा दूध पीने को क्यों देती थीं और बालक क्या चाहता था?

(ग) गोपी ने माता यशोदा से व्यंग्य में क्या कहा?

(घ) श्रीकृष्ण ने किसके घर में और कब प्रवेश किया?

(ङ) गोपी का माखन कहाँ रखा हुआ था? श्रीकृष्ण ने क्या किया?

3 निम्नलिखित काव्यांशों को पढ़कर पूछे गए प्रश्नों के उत्तर दीजिए।

(1)

काढ़त-गुहत न्हवावत जैहै, नागिनी सी भुईं लोटी।
काँचौ दूध पियावत पचि-पचि, देति न माखन-रोटी।
सूर चिरजीवौ दोउ भैया, हरि-हलधर की जोटी।

(क) प्रस्तुत काव्यांश के आधार पर बताइए कि चोटी किसके समान लोटती दिखाई देगी?

(ख) चोटी का लालच देकर माता यशोदा कृष्ण को कैसा दूध पिलाती हैं?

(ग) श्रीकृष्ण के आग्रह करने पर भी माता यशोदा कृष्ण को खाने के लिए क्या नहीं देती हैं?

(घ) 'नागिन-सी' में कौन-सा अलंकार है?

(i) अनुप्रास ☐ (ii) यमक ☐ (iii) श्लेष ☐ (iv) उपमा ☐

(ङ) माखन-रोटी में कौन-सा समास है?

(i) द्विगु ☐ (ii) अव्ययीभाव ☐
(iii) द्वंद्व ☐ (iv) तत्पुरुष ☐

(2)

खोलि किवारि, पैठि मंदिर मैं, दूध-दही सब सखनि खवायौ।
ऊखल चढ़ि, सींके कौ लीन्हौ, अनभावत भुईं मैं ढरकायौ।
दिन प्रति हानि होति गोरस की, यह ढोटा कौनैं ढंग लायौ।
सूर स्याम कौं हटकि न राखै तैं ही पूत अनोखौ जायौ।

(क) श्रीकृष्ण ने दूध-दही किनको खिलाया है?

(ख) श्रीकृष्ण ओखली पर क्यों चढ़ गए?

(ग) 'सूर स्याम कौं हटकि न राखै तें ही पूत अनोखौ जायौ।' प्रस्तुत पंक्ति का आशय स्पष्ट कीजिए।

(घ) इस पद्यांश की भाषा कैसी है?

(i) बिहारी ☐ (ii) अवधी ☐ (iii) ब्रज ☐ (iv) खड़ी बोली ☐

(ङ) 'पचि-पचि' में अलंकार है।

(i) यमक ☐ (ii) श्लेष ☐
(iii) उपमा ☐ (iv) पुनरुक्तिप्रकाश ☐

4 निम्नलिखित वाक्यों में सही के सामने सही (✓) और गलत के सामने गलत (×) का चिह्न लगाइए।

(क) माँ यशोदा कृष्ण को चोटी बढ़ने का लोभ देती हैं।

(ख) कृष्ण की चोटी बलराम के समान है।

(ग) माँ यशोदा कृष्ण को खाने को माखन-रोटी देती हैं।

(घ) कृष्ण गोपी के घर अपने मित्रों के साथ आए थे।

(ङ) कृष्ण के कारण गोपियों के घर में दूध-दही की हानि हो रही थी।

5 निम्नलिखित पंक्तियों की व्याख्या कीजिए।

(क) मैया, कबहिं बढ़ैगी चोरी?
किती बार मोहिं दूध पियत भई, यह अजहूँ है छोटी।
तू जो कहति बल की बेनी ज्यौं, ह्वै है लाँबी-मोटी।
काढ़त-गुहत न्हवावत जैहै, नागिनी सी भुइँ लोटी।

(ख) तेरैं लाल मेरौ माखन खायौ।
दुपहर दिवस जानि घर सूनों ढूँढ़ि-ढँढ़ोरि अपही आयौ।
खोलि किवरि, पेठि मंदिर मैं, दूध-दही सब सखनि खवायौ।
ऊखल चढ़ि, सीके कौ लीन्हो, अनभावत भुइँ मैं ढरकायौ।

6 कल्पना आधारित प्रश्न

(क) प्रस्तुत कविता के आधार पर कल्पना कीजिए कि कृष्ण अपने भाई से चोटी के अतिरिक्त और किस प्रकार की तुलना करते होंगे?

(ख) कविता में कृष्ण की बाल क्रियाओं को दर्शाया गया है कृष्ण के बाल्य रूप की कल्पना करते हुए कुछ अन्य बाल सुलभ क्रियाओं की सूची बनाइए।

[अध्याय 16]

पानी की कहानी

रामचंद्र तिवारी

1 अतिलघु उत्तरीय प्रश्न

(क) बूँद का आकार कैसा था?

(ख) ओस की बूँद कहाँ से आई थी?

(ग) सूर्यमंडल में कितनी गैसें लपटों के रूप में विद्यमान थीं?

(घ) बूँद ने जान बचाने का क्या उपाय सोचा?

2 लघु उत्तरीय प्रश्न

(क) लेखक का शरीर क्रोध और घृणा से क्यों काँप उठा?

(ख) शोर मचाते हुए बूँदें कैसे स्थान पर पहुँचीं? इस प्रक्रिया को भी बताएँ।

(ग) बूँद किनके साथ और कैसे निकल भागी?

(घ) पृथ्वी कैसे फट गई? कारण बताएँ। बूंदों को क्या देखने की इच्छा होने लगी थी?

(ङ) बूँद के भारीपन का क्या कारण था?

(च) रेत कैसे बनती है? स्पष्ट कीजिए।

(छ) नदी के तट पर बूँद ने क्या देखा?

(ज) बेर के पेड़ के पास बूँद कैसे पहुँची? बताएँ।

3 दीर्घ उत्तरीय प्रश्न

(क) 'मेरे आश्चर्य का ठिकाना न रहा' लेखक ने ऐसा क्यों कहा?

(ख) 'प्रचंड प्रकाश पिंड' का सूर्य पर क्या प्रभाव पड़ा? वर्णन कीजिए।

(ग) बूँद ने अपने उत्पन्न होने की कहानी के विषय में क्या बताया? विस्तारपूर्वक बताइए।

(घ) बूँद कई माह तक कहाँ घूमती रही? समुद्र के विषय में बूँद ने क्या बताया? इस प्रक्रिया को 'पानी की कहानी' अध्याय के आधार पर लिखिए।

(ङ) बूँद के नेत्र दुखने का क्या कारण था? बूँद ने समुद्र की गहरी तह में क्या देखा। पाठ के आधार पर बताइए।

(च) ओस की बूँद चट्टान में किसके साथ गई? वहाँ जाकर उन्होंने क्या सोचा? स्पष्ट कीजिए।

4 निम्नलिखित गद्यांशों को पढ़कर पूछे गए प्रश्नों के उत्तर दीजिए

(1) ''मैं एक कोठरी में बंद कर दी गई। थोड़ी देर बाद ऐसा जान पड़ा कि कोई मुझे पीछे से धक्का दे रहा है और कोई मानो हाथ पकड़कर आगे को खींच रहा हो। मेरा एक भाई भी वहाँ लाया गया। उसके लिए स्थान बनाने के कारण मुझे दबाया जा रहा था। आगे एक और बूँद मेरा हाथ पकड़कर ऊपर खींच रही थी। मैं उन दोनों के बीच पिस चली।''

(क) बूँद को किस स्थान पर बंद करने की बात कही गई है?

(ख) बूँद को किस प्रकार का एहसास हो रहा था?

(ग) बूँद को दबाए जाने का क्या कारण था?

(घ) ''मैं उन दोनों के बीच पिस चली।'' रेखांकित पद है

(i) विशेषण ☐ (ii) क्रिया ☐
(iii) सर्वनाम ☐ (iv) धातु ☐

(ङ) 'हाथ' का तत्सम शब्द है

(i) हत ☐ (ii) हस्त ☐
(iii) घात ☐ (iv) माथ ☐

(2) ''इतने दिन आनंद से काटने के पश्चात् अब दु:ख सहन करने का साहस हममें नहीं था। बहुत पता लगाने पर हमें ज्ञात हुआ कि हमारे भार से ही हमारे नीचे वाले भाई दबकर पानी हो गए हैं। उनका शरीर ठोसपन को छोड़ चुका है और उनके तरल शरीर पर हम फिसल चले हैं।''

(क) बूँद में दु:ख सहन करने का साहस क्यों नहीं था?

(ख) पानी में परिवर्तित कौन और क्यों हो गए?

(ग) बूँद के फिसलने का क्या कारण था?

(घ) 'आनंद' का पर्यायवाची शब्द है

(i) कष्ट ☐ (ii) दु:ख ☐
(iii) प्रसन्नता ☐ (iv) इनमें से कोई नहीं ☐

(ङ) 'ठोसपन' में संज्ञा है

(i) जातिवाचक ☐ (ii) भाववाचक ☐
(iii) व्यक्तिवाचक ☐ (iv) द्रव्यवाचक ☐

5 निम्नलिखित वाक्यों में सही के सामने सही (✓) और गलत के सामने गलत (×) का चिह्न लगाइए।

(क) बूँद पत्तों के नन्हे-नन्हे छेदों से होकर जान बचाकर भागी थी। ☐

(ख) लेखक की ओस की बूँद के प्रति श्रद्धा कम हो गई थी। ☐

(ग) बूँद ने मनुष्य से कई गुना लंबी मछलियों को देखा। ☐

(घ) बूँद को उसकी पुरानी सहेली आँधी के दर्शन हुए। ☐

(ङ) ओस की बूँद धीरे-धीरे घटकर स्पष्ट दिखाई देने लगी। ☐

6 **नीचे दिए गए बॉक्स में से उचित शब्दों का चुनाव करके रिक्त स्थानों की पूर्ति कीजिए।**

चाँद, पहाड़ी, सूर्य, ठोस-रूप, महा आलसी, भाप-रूप, धातुएँ, समतल, सूर्यमडंल

(क) जब तक ________ न निकले तभी तक मैं रक्षा चाहती हूँ।

(ख) ________ अपने निश्चित मार्ग पर चक्कर काट रहा था।

(ग) मेरा शरीर पहले ________ में था अब अत्यंत छोटा हो गया था।

(घ) पहाड़ियों की गुफाओं में नाना प्रकार के जीव रहते हैं जो निपट अँधे तथा ________ हैं।

(ङ) मेरी इच्छा बहुत दिनों से ________ भूमि देखने की थी।

7 **कल्पना आधारित प्रश्न**

(क) 'पानी की कहानी' पाठ में ओस की बूँद का विभिन्न स्थानों पर यात्रा करते हुए उसकी जीवन-यात्रा का वर्णन किया गया है। इसी प्रकार विभिन्न नदियाँ एक स्थान से दूसरे स्थान पर प्रवाहित होती है। अपनी कल्पना शक्ति के आधार पर नदियों की जीवन-यात्रा का वर्णन करते हुए एक कहानी लिखिए।

(ख) प्रस्तुत कहानी में ओस की बूँद के माध्यम से लेखक ने विभिन्न स्थानों पर जल की महत्ता का वर्णन किया है। वर्तमान समय में जिस प्रकार जल का दुरुपयोग किया जा रहा है एवं जल प्रदूषित होता जा रहा है ऐसे में भविष्य में जल का अभाव हो जाएगा, उस समय की स्थिति कैसी होगी? अपनी कल्पना के आधार पर एक अनुच्छेद लिखिए।

बाज और साँप

निर्मल वर्मा

1 अतिलघु उत्तरीय प्रश्न

(क) साँप गुफा में बैठा-बैठा किनका गर्जन सुनता था?

(ख) गुफा के प्रति साँप के मन में क्या भाव था?

(ग) बाज और साँप किसके प्रतीक हैं?

(घ) बाज को कैसी उड़ान पसंद थी?

(ङ) मधुर स्वर में कौन गा रहा था?

2 लघु उत्तरीय प्रश्न

(क) साँप ने आकाश और अपनी गुफा के विषय में तुलना करते हुए क्या बताया?

(ख) साँप ने बाज के बारे में क्या सोचा?

(ग) साँप की बातों से बाज में क्या परिवर्तन हुआ?

(घ) साँप ने चट्टानों के नीचे किसकी आवाज़ सुनी तथा आवाज़ सुनने के पश्चात् उसकी क्या प्रतिक्रिया थी?

(ङ) 'हमारा गीत ज़िंदगी के उन दीवानों के लिए है जो मर कर भी मृत्यु से नहीं डरते।' प्रस्तुत पंक्ति का आशय स्पष्ट कीजिए।

3 दीर्घ उत्तरीय प्रश्न

(क) बाज की करुण चीख क्यों फूटी थी और साँप उसका उत्साह क्यों बढ़ा रहा था?

(ख) बाज की मृत्यु के उपरांत साँप आकाश के बारे में क्या सोचने लगा? उसने आकाश का स्वाद चख लेने के संदर्भ में क्या विचार किया?

(ग) साँप ने आकाश से गिर जाने पर किसे मूर्ख कहा और क्यों?

(घ) क्या सुनकर साँप के आश्चर्य का ठिकाना नहीं रहा?

(ङ) प्रस्तुत पाठ में चतुर व निडर लोगों के विषय में क्या कहा गया है? स्पष्ट कीजिए।

4 निम्नलिखित गद्यांशों को पढ़कर दिए गए प्रश्नों के उत्तर दीजिए

(1) पर्वत की अँधेरी घाटियों में एक नदी भी बहती थी। अपने रास्ते पर बिखरे पत्थरों को तोड़ती, शोर मचाती हुई यह नदी बड़े ज़ोर से समुद्र की ओर लपकती जाती थी। जिस जगह पर नदी और समुद्र का मिलाप होता था, वहाँ लहरें दूध के झाग-सी सफ़ेद दिखाई देती थीं।

(क) पर्वत की अँधेरी घाटियों में कौन बहती है?

(ख) नदी, समुद्र की ओर कैसे लपकती जाती थी?

(ग) लहरें दूध के झाग सी कहाँ दिखाई देती थी?

(घ) 'पत्थर' का पर्यायवाची शब्द क्या है?

(i) पाहुन ☐ (ii) कंटीक ☐

(iii) पाहन ☐ (iv) कंटक ☐

(ङ) 'दूध' का तत्सम शब्द है

(i) दधि ☐ (ii) दही ☐

(iii) दुध ☐ (iv) दुग्ध ☐

(2) एकदिन एकाएक आकाश में उड़ता हुआ खून से लथपथ एक बाज साँप की उस गुफा में आ गिरा। उसकी छाती पर कितने ही जख्मों के निशान थे, पंख खून से सने थे और वह अधमरा-सा ज़ोर-शोर से हाँफ रहा था। ज़मीन पर गिरते ही उसने एक दर्द भरी चीख मारी और पंखों को फड़फड़ाता हुआ धरती पर लोटने लगा। डर से साँप अपने कोने में सिकुड़ गया, किंतु दूसरे ही क्षण उसने भाँप लिया कि बाज जीवन की अंतिम साँसें गिन रहा है और उससे डरना बेकार है।

(क) साँप की गुफा में कौन गिरा? उसकी दशा कैसी थी?

____

(ख) बाज को देखकर साँप गुफा के कोने में क्यों सिकुड़ गया?

____

(ग) साँप ने क्या भाँप लिया?

____

(घ) 'आकाश' का समानार्थी शब्द है

(i) दुदुंभ ☐ (ii) नभचर ☐

(iii) गगन ☐ (iv) सुरभि ☐

(ङ) 'गुफा' का तत्सम शब्द है

(i) गुंबद ☐ (ii) गुँफा ☐

(iii) गुहा ☐ (iv) गुम्फ ☐

5 निम्नलिखित वाक्यों में उचित शब्द चुनकर रिक्त स्थानों की पूर्ति कीजिए।

पहाड़ियों, तालाब, अंधेरी गुफा, स्वच्छंदता, नदी, गहराई, लहरों, प्राण, सिर

(क) पर्वत की _______ में एक साँप रहता था।

(ख) पत्थर-सा उसका शरीर लुढ़कता हुआ _______ में जा गिरा।

(ग) लहरें चट्टानों पर _______ धुनने लगीं।

(घ) मुझे आकाश की _______ से क्या लेना-देना।

(ङ) _______ का यह गीत दूर-दूर तक गूँज रहा था।

6 कल्पना आधारित प्रश्न

(क) घायल अवस्था में यदि कोई पक्षी आपके घर में आ गिरे तो ऐसी स्थिति में आप क्या करेंगे?

____

____

(ख) यदि आपको पंख मिल जाए तो आप आकाश में किस रहस्य का पता लगाएँगे?

____

____

अध्याय 18

टोपी

सृंजय

1 अतिलघु उत्तरीय प्रश्न

(क) गवरा और गवरइया का आपस में क्या संबंध था?

(ख) कपड़े पहन लेने के बाद आदमी की कैसी खूबसूरती ढँक जाती है?

(ग) गवरइया के अनुसार, आदमी कपड़े किसकी मार से बचने के लिए पहनता है?

(घ) गवरा के अनुसार, कपड़ा पहन लेने के बाद आदमी कैसा लगता है?

(ङ) टोपी कौन पहनता है?

(च) रास्ते में पड़ा चाबुक कैसा था?

(छ) कोरी की कमर कैसी थी?

(ज) टहलुआ सिर पर क्या कर रहा था?

2 लघु उत्तरीय प्रश्न

(क) धुनिया गवरइया का सौदा सुनकर झट से तैयार कैसे हो गया?

(ख) बुनकर से गवरइया ने क्या कहा? बुनकर ने सौदा देखकर क्या कहा?

(ग) राजा की अकल क्यों चकरा गई?

(घ) गवरइया की टोपी नीचे कैसे गिरी?

(ङ) राजा को हेठी महसूस क्यों हुई?

(च) राजा ने टोपी को पैरों से क्यों नहीं कुचला?

(छ) गवरइया के काम में नफासत आने का क्या कारण था?

(ज) राजा किस कारणवश अकबका गया था?

(झ) राजा ने गवरइया की टोपी वापस करने को क्यों कहा?

(ञ) गवरइया ने टोपी पहनकर, उड़कर क्या कहा?

3 दीर्घ उत्तरीय प्रश्न

(क) गवरइया ने आदमी की टोपी के बारे में गवरे से क्या कहा और क्यों? वर्णन कीजिए।

(ख) गवरा, गवरइया की बात सुनकर हैरान क्यों हो गया? कारण सहित उत्तर दीजिए।

(ग) गवरइया को कोरी का सहयोग किस प्रकार मिला? अपने शब्दों में लिखिए।

(घ) राजा अंदर-ही-अंदर क्यों परेशान था? उसे किस बात की चिंता थी?

(ङ) गवरइया के दर्जी से टोपी सिलने के विषय में बोलने पर दर्जी ने क्या जवाब दिया?

(च) टोपी पहनते ही गवरइया के मन में आए भावों का वर्णन विस्तारपूर्वक कीजिए।

(छ) राजा ने टोपी के कारीगर को खोजने के लिए क्या किया? विस्तारपूर्वक बताइए।

4 निम्नलिखित गद्यांशों को पढ़कर दिए गए प्रश्नों के उत्तर दीजिए

(1) गवरा था तनिक समझदार, इसलिए शक्की। जबकि गवरइया थी जिद्दी और धुन की पक्की। ठान लिया सो ठान लिया, उसको ही जीवन का लक्ष्य मान लिया। कहा गया है— जहाँ चाह, वहीं राह। मामूल के मुताबिक अगले दिन दोनों घूरे पर चुगने निकले। चुगते-चुगते उसे रूई का एक फाहा मिला। ''मिल गया...मिल गया... मिल गया...'' गवरइया मारे खुशी के घूरे पर लोटने लगी।

(क) गवरा कैसा था?

(ख) गवरइया का स्वभाव कैसा था?

(ग) 'जहाँ चाह, वहीं राह।' पंक्ति का आशय गद्यांश के आधार पर स्पष्ट कीजिए।

(घ) 'राह' का पर्यायवाची क्या है?

(i) कष्ट ☐ (ii) सुख ☐ (iii) वहीं ☐ (iv) रास्ता ☐

(ङ) 'इसलिए' शब्द है

(i) विशेषण ☐ (ii) विशेष्य ☐ (iii) सर्वनाम ☐ (iv) समुच्चयबोधक ☐

(2) धुनिया बेचारा बूढ़ा था। जाड़े का मौसम था। उसके तन पर वर्षों पुरानी तार-तार हो चुकी एक मिर्जई पड़ी हुई थी। वह काँपते हुए बोला, ''तू जाती है कि नहीं! देखती नहीं, अभी मुझे राजा जी के लिए रजाई बनानी है। एक तो यहाँ का राजा ऐसा है, जो चाम का दाम चलाता है। ऊपर से तू आ गई फोकट की रुई धुनवाने।''

(क) धुनिया की शारीरिक स्थिति कैसी थी?

(ख) उपर्युक्त गद्यांश में किस मौसम का वर्णन किया गया है?

(ग) धुनिया काँपते हुए क्या बोला?

(घ) 'राजा' का विलोम क्या है?

(i) राजाज्ञा ☐ (ii) राजश्री ☐

(iii) रंक ☐ (iv) रंज ☐

(ङ) 'बूढ़ा' शब्द की भाववाचक संज्ञा क्या है?

(i) बुरापा ☐ (ii) बुराना ☐

(iii) बुढ़ापा ☐ (iv) बुढ़ाना ☐

5 नीचे दिए गए बॉक्स में से उचित शब्द का चुनाव करके रिक्त स्थानों की पूर्ति कीजिए।

कारीगर, चाबुक, लिबास, कारीगर, कंगूरे, फाहा, कपड़े, पाँच फुँदने, किले

(क) आदमी नित नए-नए __________ सिलवाता रहता है।

(ख) गवरइया रूई का __________ लिए धुनिया के पास चली गई।

(ग) दर्जी ने अपनी ओर से एक टोपी पर __________ जड़ दिए।

(घ) उड़ते-उड़ते वह राजा के महल के __________ पर जा बैठी।

(ङ) अब उस हुनरमंद __________ की खोज होने लगी।

6 कल्पना आधारित प्रश्न

(क) यदि राजा की जगह आप होते तो गवरइया की टोपी देखकर आपकी क्या प्रतिक्रिया होती?

____

____

(ख) गवरइया टोपी बनवाने के लिए यदि आपका सहयोग लेने आती तो आप किस प्रकार उसकी सहायता करते?

____

____

अहमदनगर का किला

1 अतिलघु उत्तरीय प्रश्न

(क) अहमदनगर में नेहरू जी की कौन-सी जेलयात्रा थी?

(ख) लेखक को अहमदनगर आए कितना समय हो चुका था?

(ग) लेखक का स्वागत किसने किया?

(घ) अहमदनगर के किले में लेखक ने क्या करना शुरू कर दिया?

(ङ) अहमदनगर के किले की रक्षा किसने की?

(च) लेखक किसकी भूमिका अख़्तियार नहीं कर सकता?

2 लघु उत्तरीय प्रश्न

(क) चाँद लेखक को किसकी याद दिलाता है?

(ख) अहमदनगर के किले की मिट्टी कैसी थी? संक्षेप में लिखिए।

(ग) चाँद बीबी की हत्या किसने की और क्यों?

(घ) अतीत के बारे में लेखक की क्या राय थी?

(ङ) भारतवासियों की विरासत में खास बात क्या है? जिसके कारण हमारा वर्तमान रूप बना है।

3 दीर्घ उत्तरीय प्रश्न

(क) अहमदनगर का किला ऐतिहासिक स्थल क्यों है? विस्तारपूर्वक लिखिए।

(ख) खुदाई के दौरान लेखक को क्या-क्या चीज़ें प्राप्त हुईं? नेहरू जी ने जेल में कुदाल छोड़कर कलम क्यों उठाई? विस्तारपूर्वक लिखिए।

(ग) अतीत का दबाव कैसा होता है और क्यों? वर्णन कीजिए।

(घ) लेखक के मन में कौन-सी बात घर किए हुई थी? वह किस विषय में लिखना चाहते थे? विस्तारपूर्वक वर्णन कीजिए।

(अध्याय 2)

तलाश

1 अतिलघु उत्तरीय प्रश्न

(क) नेहरू जी के मन में कौन रचा बसा हुआ है?

(ख) नेहरू जी भारत को किस दृष्टि से देखना चाहते थे?

(ग) प्राचीन काल से आधुनिक युग तक भारत की सभ्यता और संस्कृति की कहानी क्या है?

(घ) बुद्ध ने पहला उपदेश कहाँ दिया था?

(ङ) लेखक के अनुसार भारत कौन-सी दौड़ में पिछड़ गया?

(च) नेहरू जी की सभाओं में किसकी जय का स्वर गूँजता था?

2 लघु उत्तरीय प्रश्न

(क) लेखक ने भारत के अस्तित्व पर दृष्टि डालकर क्या निरीक्षण किया?

(ख) किस आधार पर हमारे देश का नाम 'इंडिया' और 'हिंदुस्तान' पड़ा?

(ग) सरल, सजीव और समृद्ध भाषा की जगह किसने ले ली और कैसे? स्पष्ट कीजिए।

(घ) लेखक ने भारत के इतिहास व उसके प्राचीन साहित्य के अंगों के विषय में क्या कहा?

(ङ) लेखक ने भारत की विशाल नदियों के विषय में क्या बताया?

(च) इलाहाबाद और हरिद्वार में लगने वाले मेले को देखकर लेखक के मन में क्या विचार आते हैं?

(छ) भारत के किसानों की समस्याएँ क्या थीं और यह समस्याएँ किसके द्वारा आरोपित की गई थी?

(ज) लेखक ने जनता को क्या समझाने की कोशिश की?

(झ) भारत की विविधता कैसी है और उसका ताल्लुक (संबंध) किससे है?

3 दीर्घ उत्तरीय प्रश्न

(क) नेहरू जी के दृष्टिकोण में भारत की कैसी तस्वीर है? तर्क सहित उत्तर दीजिए।

(ख) भारत का ह्रास होने के कारणों को स्पष्ट कीजिए। उस समय विश्व के दूसरे हिस्सों की स्थिति कैसी थी?

(ग) भारतीय संघर्ष में नेहरू जी के मध्य वर्ग के संदर्भ में क्या विचार थे? अपने शब्दों में लिखिए।

(घ) भारत माता की जय की पुकार का लेखक द्वारा आशय पूछे जाने पर क्या जवाब मिला?

(ङ) भारत में कैसी विपत्तियाँ फैली हुई थीं और उनका क्या प्रभाव दिखाई देता था?

(अध्याय 3)

सिंधु घाटी सभ्यता

1 अतिलघु उत्तरीय प्रश्न

(क) भारत के अतीत की सबसे पहली तस्वीर किस सभ्यता में मिलती है?

(ख) सिंधु नदी किसके लिए प्रसिद्ध है?

(ग) भारतीय संस्कृति का सबसे पुराना इतिहास क्या है?

(घ) मानव जाति की पहली पुस्तक अथवा पहला वेद कौन-सा है?

(ङ) प्राचीन भारत के दो महाकाव्य कौन-से हैं?

(च) भगवद्गीता किस प्रमुख ग्रंथ का अंश है?

(छ) भारत की प्राचीन लिपि कौन-सी है?

(ज) जैन धर्म व बौद्ध धर्म के संस्थापक कौन थे?

2 लघु उत्तरीय प्रश्न

(क) सिंधु घाटी सभ्यता के बाद के काल-खंडों में आने वाली सभ्यता से किस प्रकार भिन्न थी? संक्षेप में बताइए।

(ख) शिक्षा के क्षेत्र में प्राचीन भारत की स्थिति कैसी थी? स्पष्ट कीजिए।

(ग) भारत में जाति व्यवस्था क्यों बनाई गई? जाति व्यवस्था का समाज पर क्या प्रभाव पड़ा?

(घ) भारतीय उपनिषदों में किस बात पर ज़ोर दिया गया है?

(ङ) भौतिकवादी विचारधारा किसमें विश्वास रखती थी? वर्णन करें।

(च) अखंड भारतवर्ष की अवधारणा की शुरुआत कैसे हुई? स्पष्ट कीजिए।

(छ) जैन धर्म व बौद्ध धर्म के बुनियादी सिद्धांत क्या हैं?

3 दीर्घ उत्तरीय प्रश्न

(क) सिंधु घाटी सभ्यता आज जिस रूप में मिली है, उससे क्या अनुमान लगाया जा सकता है? यह सभ्यता हमें किन चीज़ों की जानकारी देती है? विस्तार से बताइए।

(ख) हिंदुओं द्वारा वेदों को प्रकाशित धर्म-ग्रंथ मानने के पीछे क्या कारण हैं? तर्क सहित उत्तर दीजिए।

(ग) जीवन और प्रकृति में लोगों ने कब गहरा रस लिया और क्यों? विस्तार से बताइए।

(घ) महाभारत की विशेषताओं का वर्णन करते हुए बताइए कि उसमें किस पर अधिक बल देने की कोशिश की गई है?

(ङ) कौटिल्य का अर्थशास्त्र महत्त्वपूर्ण क्यों है? उसमें किन-किन विषयों का उल्लेख किया गया है?

अध्याय 4

युगों का दौर

1 अतिलघु उत्तरीय प्रश्न

(क) मौर्य साम्राज्य के पश्चात् सत्ता किस वंश ने संभाली?

(ख) मेनांडर ने भारतीय वातावरण से प्रभावित होकर किस धर्म को अपना लिया?

(ग) संस्कृत भाषा का निर्माण कब व किसने किया था?

(घ) कुषाणों का प्रसिद्ध शासक कौन था?

(ङ) कुषाणों ने अपना साम्राज्य कहाँ स्थापित किया?

(च) समुद्रगुप्त को भारत का क्या कहा जाता है?

(छ) कालिदास की प्रमुख रचना कौन-सी थी?

(ज) कंबोडिया की वर्णमाला कहाँ से ली गई?

(झ) शून्य की खोज कहाँ की गई?

2 लघु उत्तरीय प्रश्न

(क) हेलिओदो से आप क्या समझते हैं? 'हेलिओदो स्तंभ' कहाँ स्थित है?

(ख) कुषाणों ने अपना भारतीयकरण कैसे किया?

(ग) कट्टर बौद्ध कौन था? उनका संप्रदाय किनसे मिलता-जुलता था?

(घ) भारतीय रंगमंच का उद्गम कहाँ से हुआ? 'लोकमंच' के उदय होने के कारण को स्पष्ट कीजिए।

(ङ) रवींद्रनाथ ठाकुर ने भारत के विषय में क्या लिखा?

(च) किस काल को भारत का स्वर्णयुग कहा जाता है और क्यों?

(छ) भारत में अंग्रेज़ी शासन के कायम होने का क्या कारण था?

3 दीर्घ उत्तरीय प्रश्न

(क) भारतीय सभ्यता का मूल आधार बताते हुए भारतीय गाँवों की विशेषताओं को विस्तार से बताइए।

(ख) विदेशों पर भारतीय कला का क्या प्रभाव पड़ा? सभी पहलुओं को विस्तारपूर्वक बताइए।

(ग) भारत में प्राचीन काल में कपड़े के उद्योग की स्थिति को स्पष्ट करते हुए कपड़े रंगने की कला के विषय में बताइए।

(घ) खगोलशास्त्र के विषय में क्या बताया गया है? विस्तार से वर्णन कीजिए।

(ङ) भारत के सामाजिक ढाँचे ने भारतीय सभ्यता को किस प्रकार अद्भुत दृढ़ता प्रदान की? स्पष्ट कीजिए।

[अध्याय 5]

नई समस्याएँ

1 अतिलघु उत्तरीय प्रश्न

(क) हर्ष के शासनकाल में कौन-सा धर्म अपना रूप ग्रहण कर रहा था?

(ख) महमूद के बाद ग़ज़नी पर किसका अधिकार हुआ?

(ग) अफ़गान शासकों में सबसे योग्य कौन था?

(घ) भारत में मुगलकाल में कौन-सी कुरीति उभरी?

(ङ) भारत में मुगल साम्राज्य की नींव किसने डाली?

(च) कबीर के गुरु कौन थे?

(छ) सिख धर्म के संस्थापक कौन थे?

(ज) अकबर ने भारत के शासन की डोर कब सँभाली?

(झ) 'पद्मावत' की रचना किसने की?

(ञ) धर्मांध और कठोर नैतिकतावादी कौन था?

(ट) प्लासी के युद्ध में किसकी जीत हुई?

2 लघु उत्तरीय प्रश्न

(क) अमीर खुसरो की लोकप्रियता का आधार क्या है?

(ख) शाहबुद्दीन गौरी दक्षिण पर कब्ज़ा क्यों नहीं कर पाया था?

(ग) मराठों की अवधारणा कैसी थी और इसका क्या प्रभाव पड़ा?

(घ) मुगल साम्राज्य के खंडित होने का क्या कारण था?

(ङ) ईरान के नादिरशाह ने किस पर आक्रमण किया और क्यों?

(च) ईस्ट इंडिया कंपनी का मुख्य काम क्या था? वर्णन करें।

(छ) एडम स्मिथ ने ईस्ट इंडिया कंपनी के बारे में क्या कहा था?

3 दीर्घ उत्तरीय प्रश्न

(क) अकबर को राजपूत घरानों से संबंध स्थापित करने का क्या लाभ हुआ? विस्तार से बताइए।

(ख) अकबर ने भारत में जो इमारत खड़ी की थी, वह कैसी थी? वर्णन करें।

(ग) हिंदुओं और मुसलमानों के आपसी मेल-मिलाप से भारत की सामाजिक स्थिति कैसी हो गई?

(घ) नादिरशाह के आक्रमण का दिल्ली पर क्या प्रभाव पड़ा? विस्तारपूर्वक लिखिए।

(ङ) महाराजा रणजीत सिंह एक अद्भुत व्यक्ति थे, कैसे? तर्क सहित उत्तर दीजिए।

[अध्याय 6]

अंतिम दौर-एक

1 अतिलघु उत्तरीय प्रश्न

(क) नए पूँजीवाद का भारत के किस ढाँचे पर प्रभाव पड़ा?

(ख) अंग्रेज़ों ने भारत का प्रयोग किस रूप में किया?

(ग) अंग्रेज़ी शासन की धुरी किसे कहा जाता था?

(घ) राजा राममोहन राय की पत्रकारिता का संबंध किससे था?

(ङ) मेरठ की भारतीय सेना ने कब बगावत की?

(च) राजा राममोहन राय ने किसकी स्थापना की?

(छ) आर्य समाज का नारा क्या था?

(ज) सर सैयद अहमद खाँ कौन थे?

(झ) नेशनल कांग्रेस की स्थापना कब की गई?

2 लघु उत्तरीय प्रश्न

(क) भारत सबसे पहले कैसी राजनीतिक और आर्थिक व्यवस्था में नहीं बँधा था?

(ख) ब्रिटिश शासन ने अपनी स्थिति को किस प्रकार सुदृढ़ किया?

(ग) कैपिटेशन चार्ज किसे कहा जाता है?

(घ) पाश्चात्य संस्कृति को भारत में लाने का प्रयास किस-किस ने किया? इसका क्या प्रभाव पड़ा? संक्षेप में बताइए।

(ङ) हिंदू मध्य वर्ग की आस्था को बढ़ाने में श्रीमती ऐनी बेसेंट का क्या प्रभाव रहा?

(च) सन् 1857 की क्रांति का निश्चित समय से पहले होने के कारण, क्या परिणाम सामने आया?

(छ) टैगोर का शांति निकेतन किसका केंद्र था?

(ज) मुस्लिम लीग की नींव किसने रखी? उनके विचार किस प्रकार दूसरे भारतीय नेताओं से भिन्न थे?

3 दीर्घ उत्तरीय प्रश्न

(क) अंग्रेज़ों ने अपनी स्वार्थपूर्ति के लिए भारत में क्या किया और कैसे? वर्णन करें।

(ख) स्वामी विवेकानंद ने क्या उपदेश दिए? सविस्तार बताइए।

(ग) 1857 के विद्रोह की ब्रिटेन में क्या प्रतिक्रिया हुई?

(घ) 'रवींद्रनाथ टैगोर ब्रिटिश सरकार के विरोधी थे।' प्रस्तुत संदर्भ को स्पष्ट करते हुए उनकी विचारधारा बताइए।

(ङ) सर सैयद अहमद खाँ की हिंदुओं के प्रति क्या विचारधारा थी? विस्तारपूर्वक वर्णन कीजिए।

अध्याय 7

अंतिम दौर-दो

1 अतिलघु उत्तरीय प्रश्न

(क) कांग्रेस का विभाजन किन दो दलों में हुआ?

(ख) अंग्रेज़ों ने 'मार्शल लॉ' कहाँ लागू किया?

(ग) गांधीजी की शिक्षा का सार क्या था?

(घ) कांग्रेस संगठन का लक्ष्य और आधार क्या था?

(ङ) भारतीय मानस मूलतः कैसा कहा जाता था?

(च) मुस्लिम लीग के कर्णधार कौन थे?

2 लघु उत्तरीय प्रश्न

(क) प्रथम विश्वयुद्ध के आरंभ में भारतीय राजनीति उतार पर क्यों थी?

(ख) विश्वयुद्ध समाप्त होने के पश्चात् देश में क्या हुआ?

(ग) गांधीजी ने कैसे सिद्धांत और व्यवहार को नामंजूर किया?

(घ) गांधीजी ने राष्ट्र के बारे में क्या कहा था? संक्षेप में बताइए।

(ङ) राजनीतिक मामलों में धर्म का स्थान सांप्रदायिकता ने किस प्रकार ले लिया है?

(च) कांग्रेस किसके लिए उत्सुक और चिंतित थी और क्यों?

(छ) कांग्रेस की सबसे बड़ी समस्या क्या थी?

(ज) मिस्टर जिन्ना के दो राष्ट्रों के सिद्धांत का क्या परिणाम हुआ? उससे किस समस्या का हल नहीं हुआ?

3 दीर्घ उत्तरीय प्रश्न

(क) गांधीजी के नेतृत्व में कांग्रेस के संगठन में कौन-कौन-से परिवर्तन आए? उल्लेख कीजिए।

(ख) गांधीजी की सक्रियता को दोहरा आह्वान क्यों माना गया? विस्तारपूर्वक समझाइए।

(ग) मिस्टर जिन्ना ने क्या घोषणा की और उनकी घोषणा का क्या प्रभाव पड़ा? विस्तारपूर्वक समझाइए।

(घ) ब्रिटिश सरकार ने किसका समर्थन किया? ब्रिटिश सरकार की नीतियाँ हमें किस दिशा में ले गईं? स्पष्ट कीजिए।

(अध्याय 8)

तनाव

1 अतिलघु उत्तरीय प्रश्न

(क) भारत के शहरों पर किस तरह के हमलों की संभावना थी?

(ख) 'भारत छोड़ो प्रस्ताव' पर किसने विचार प्रस्तुत किया था?

(ग) किसके नेतृत्व में जन-आंदोलन शुरू करने की बात कही गई?

(घ) 'भारत छोड़ो प्रस्ताव' कब पास हुआ?

2 लघु उत्तरीय प्रश्न

(क) 'भारत छोड़ो प्रस्ताव' कैसा था? उसमें क्या सुझाव दिया गया था? संक्षेप में वर्णन करें।

(ख) कांग्रेस कमेटी ने ब्रिटेन और संयुक्त राष्ट्र से क्या अपील की?

(ग) गांधीजी और कांग्रेस सभापति मौलाना अबुल कलाम ने अपने भाषण में क्या स्पष्ट किया?

(घ) 'भारत छोड़ो प्रस्ताव' पास होने पर देश में क्या हुआ और इसके क्या परिणाम सामने आए?

3 दीर्घ उत्तरीय प्रश्न

(क) भारत में तनाव कब बढ़ा और कैसा मंच लगातार निकट आता जा रहा था? वर्णन करें।

(अध्याय 9)

दो पृष्ठभूमियाँ–भारतीय और अंग्रेज़ी

1 अतिलघु उत्तरीय प्रश्न

(क) ब्रिटिश शासन के अंतिम दौर में भारत में कहाँ–कहाँ अकाल का प्रभाव रहा?

(ख) तन और मन दोनों से कौन बीमार था?

(ग) अकाल ने भारत की कैसी तस्वीर को उजागर कर दिया?

(घ) अकसर भारत को कैसा देश कहा जाता है?

2 लघु उत्तरीय प्रश्न

(क) जनता द्वारा किए गए प्रदर्शन के विषय में बताएँ।

(ख) नेताओं की गिरफ्तारियों का क्या परिणाम हुआ? संक्षेप में बताइए।

(ग) विद्रोह के बाद के परिणामों का वर्णन करें।

(घ) विद्रोह में किन–किन स्थानों पर ब्रिटिश शासन की सत्ता समाप्त हो गई थी?

(ङ) भारतीय विचारक सरकार की नीतियों को देखकर क्या सोचते थे?

3 दीर्घ उत्तरीय प्रश्न

(क) सन् 1942 के विद्रोह को मूर्खतापूर्ण और बेमौके का प्रदर्शन क्यों कहा गया? विस्तारपूर्वक उत्तर दीजिए।

(अध्याय 1)

भाषा, लिपि तथा व्याकरण

1 निम्नलिखित प्रश्नों के सही विकल्प को चुनकर लिखिए।

(क) जब हम लिखकर अपने विचारों को प्रकट करते हैं, तो वह भाषा का ______ रूप कहलाता है।

(i) लिखित ☐ (ii) वाचिक ☐
(iii) प्रत्यक्ष ☐ (iv) मौखिक ☐

(ख) भाषा के कितने रूप होते हैं?

(i) तीन ☐ (ii) चार ☐
(iii) दो ☐ (iv) पाँच ☐

(ग) जब हम बोलकर अपने विचारों को प्रकट करते हैं, तो वह भाषा का ______ रूप कहलाता है।

(i) लिखित ☐ (ii) मौखिक ☐
(iii) सांकेतिक ☐ (iv) व्यावहारिक ☐

(घ) रोमन लिपि का संबंध किस भाषा से है?

(i) पंजाबी ☐ (ii) बंगाली ☐
(iii) जर्मन ☐ (iv) उर्दू ☐

(ङ) हिंदी भाषा की लिपि का क्या नाम है?

(i) गुरुमुखी ☐ (ii) रोमन ☐
(iii) देवनागरी ☐ (iv) फ़ारसी ☐

2 बॉक्स में दिए गए शब्दों में से व्याकरण की दृष्टि से शुद्ध शब्दों को छाँटकर लिखिए।

अँगूर, स्त्री, अहार, पश्चिम, आखीर, कृषि, पहिला, नीति, लिखीत, समीक्षा

______
______
______
______
______

3 निम्नलिखित शब्दों को इस प्रकार क्रम से व्यवस्थित कीजिए जिससे व्याकरणिक दृष्टि से सार्थक शब्द का निर्माण हो जाए।

(क) वा आ ज़ = ______

(ख) शि या र हो = ______

(ग) चा र स मा = ______

(घ) ख़ अ र बा = ______

(ङ) री जा का न = ______

4 निम्नलिखित भाषाओं के सामने उनकी लिपि का नाम लिखिए।

भाषा	लिपि का नाम
(क) संस्कृत	______
(ख) अंग्रेज़ी	______
(ग) उर्दू	______
(घ) पंजाबी	______
(ङ) मराठी	______

5 निम्नलिखित शब्द समूह के लिए एक शब्द लिखिए।

(क) जिसमें वर्णों के उच्चारण का विचार किया जाता है। ______

(ख) जिसमें शब्दों, स्रोत, भेद आदि का विचार किया जाता है। ______

(ग) जिसमें वाक्यों के विषय में विचार किया जाता है। ______

(घ) जिसके द्वारा भाषा को शुद्ध बोलना, लिखना और पढ़ना आता है। ______

6 प्रस्तुत भाषा का उनकी बोली के साथ मिलान कीजिए।

(क) बिहारी हिंदी	(i) मारवाड़ी
(ख) राजस्थानी हिंदी	(ii) अवधी
(ग) पश्चिमी हिंदी	(iii) मैथिली
(घ) पहाड़ी हिंदी	(iv) खड़ी बोली
(ङ) पूर्वी हिंदी	(v) कुमाऊँनी

अध्याय 2

वर्ण-विचार

1 **नीचे दिए गए वर्गों से उनके उचित वर्णों को सुमेलित कीजिए।**

वर्ग	वर्ण
(क) च वर्ग	(i) ग
(ख) प वर्ग	(ii) द
(ग) ट वर्ग	(iii) भ
(घ) क वर्ग	(iv) झ
(ङ) त वर्ग	(v) ढ

2 **दिए गए बॉक्स में से अनुस्वार व अनुनासिक का सही स्थान पर प्रयोग करके लिखिए।**

आख, कठ, गाव, अग, गगा, चद्र, दात, पाव

अनुस्वार	अनुनासिक
______________	______________
______________	______________
______________	______________
______________	______________
______________	______________
______________	______________

3 **नीचे दिए गए संयुक्त व्यंजन से दो-दो शब्दों का निर्माण कीजिए।**

(क) त्र = ______________ ______________

(ख) श्र = ______________ ______________

(ग) ज्ञ = ______________ ______________

(घ) क्ष = ______________ ______________

4 निम्नलिखित वर्णों को मिलाकर शब्द बनाकर लिखिए।

(क) स् + आ + र् + थ् + अ + क् + अ ____________________

(ख) क् + ओ + य् + अ + ल् + अ ____________________

(ग) उ + च् + च् + आ + र् + अ + ण् + अ ____________________

(घ) स् + व् + अ + त् + अ + न् + त् + र् + अ ____________________

(ङ) औ + द् + य् + ओ + ग् + इ + क् + अ ____________________

5 वर्णों के उच्चारण स्थान के आधार पर मिलान कीजिए।

(क)	तालव्य	(i)	अ, आ, अ:, क्
(ख)	दंत्य	(ii)	अं, ङ्, ञ, ण
(ग)	कंठ्य	(iii)	इ, ई, च, छ
(घ)	नासिक्य	(iv)	ओ, औ
(ङ)	कंठोष्ठ्य	(v)	त्, थ्, द्, ध्

6 सही क्रम में वर्णों को लगाकर सार्थक शब्द का निर्माण कीजिए।

(क) प्, अ, न्, आ, र्, अ, ई, ध्

(ख) आ, स्, क्, इ, अ, न्

(ग) अ, क्, त्, स्, र्, आ, अ

7 निम्नलिखित शब्दों का वर्ण-विच्छेद करके लिखिए।

(क) विद्यार्थी ____________________

(ख) अध्यापक ____________________

(ग) दुनिया ____________________

(घ) कठिनाई ____________________

(ङ) हार्दिक ____________________

[अध्याय 3]

शब्द-विचार

1 नीचे दिए गए बॉक्स में से तत्सम, तद्भव, देशज व विदेशज शब्दों को अलग करके लिखिए।

कपाट, पगड़ी, कार्य, भोंपू, छाता, टेलीफ़ोन, बेगम, थप्पड़, पंछी, कानून, अग्नि, कोयल,

तत्सम	तद्भव	देशज	विदेशज
______	______	______	______
______	______	______	______
______	______	______	______

2 निम्नलिखित वाक्यों में रिक्त स्थानों की पूर्ति कीजिए।

(क) संस्कृत भाषा के शब्द, जो हिंदी में ज्यों-के-त्यों (बिना बदले) प्रयुक्त होते हैं, उन्हें ______ कहते हैं। (यौगिक/तत्सम)

(ख) सौभाग्य ______ शब्द का उदाहरण है। (तत्सम/यौगिक)

(ग) मानुष ______ शब्द का उदाहरण है। (तद्भव/तत्सम)

(घ) लोक भाषाओं से लिए गए शब्दों को ______ शब्द कहते हैं। (देशी/विदेशी)

(ङ) विदेशी भाषाओं से लिए गए शब्द ______ शब्द कहलाते हैं। (विदेशी/मिश्रित)

3 निम्नलिखित शब्दों के तद्भव रूप लिखिए।

शब्द	तद्भव रूप
(क) मृत्यु	________
(ख) मातृ	________
(ग) सदन	________
(घ) मस्तक	________
(ङ) सर्प	________

4 निम्नलिखित शब्दों के तत्सम रूप लिखिए।

शब्द	तत्सम रूप
(क) पृथ्वी	________
(ख) आँसू	________
(ग) आधा	________
(घ) उजला	________
(ङ) चाँद	________

5 व्युत्पत्ति की दृष्टि से रूढ़, यौगिक और योगरूढ़ शब्दों को छाँटकर लिखिए।

विज्ञान, हनुमान, राजपुत्र, जलज, घोड़ा, गिरधारी, सामाजिक, घर, दशरथ, मुँह, दिन, अभिमान

(क) रूढ़ ________

(ख) यौगिक ________

(ग) योगरूढ़ ________

6 निम्नलिखित विदेशज शब्दों का उचित मिलान कीजिए।

(क) अरबी	(i) चेहरा
(ख) अंग्रेज़ी	(ii) बहादुर
(ग) फ़ारसी	(iii) दुनिया
(घ) तुर्की	(iv) कमीज़
(ङ) पुर्तगाली	(v) स्कूल

(अध्याय 4)

संधि

1 निम्नलिखित प्रश्नों के सही विकल्प को चुनकर लिखिए।

(क) 'संधि' का शाब्दिक अर्थ है

(i) वियोग ☐ (ii) विरह ☐

(iii) मेल ☐ (iv) विवाद ☐

(ख) 'संधि' शब्द का संधि-विच्छेद है

(i) सम् + धि ☐ (ii) सम + धि ☐

(iii) सन + धि ☐ (iv) सन् + धि ☐

(ग) विच्छेद का शाब्दिक अर्थ होता है

(i) जोड़ना ☐ (ii) तोड़ना ☐

(iii) मोड़ना ☐ (iv) अलग करना ☐

(घ) 'वीरांगना' का संधि-विच्छेद होगा

(i) वीर + अंगना ☐ (ii) वीर + रांगना ☐

(iii) वीरांग + ना ☐ (iv) वीरांग + न ☐

(ङ) 'गुरुपदेश' शब्द का संधि-विच्छेद होगा

(i) गुरु + ऊपदेश ☐ (ii) गुरु + पदेश ☐

(iii) गुरुप + देश ☐ (iv) गुरु + उपदेश ☐

2 निम्नलिखित वाक्यों में रिक्त स्थानों की पूर्ति उचित शब्द द्वारा कीजिए।

(क) महोदय में __________ संधि प्रयुक्त है। (गुण/दीर्घ)

(ख) रामायण __________ संधि का उदाहरण है। (व्यंजन/गुण)

(ग) सेवा + अर्थ शब्द के योग से __________ शब्द का निर्माण होता है। (सेवाअर्थ/सेवार्थ)

(घ) मातृ + आज्ञा के मेल से __________ शब्द बनता है। (मातृाज्ञा/मात्राज्ञा)

(ङ) तिर: + कार शब्द के योग से __________ शब्द का निर्माण होता है। (तिराकार/तिरस्कार)

3 **निम्नलिखित वाक्यों में सही के सामने सही (✓) और गलत के सामने गलत (×) का चिह्न लगाइए।**

(क) नम: + ते = नमस्ते विसर्ग संधि का उदाहरण है। ☐

(ख) देव + अर्चन = देवार्चन व्यंजन संधि का उदाहरण है। ☐

(ग) 'कवि + इंद्र = कवींद्र' यह दीर्घ संधि का उदाहरण है। ☐

(घ) यण संधि में इ, ई का 'व' हो जाता है। ☐

(ङ) अयादि संधि में 'ए' का 'अय' हो जाता है। ☐

4 **निम्नलिखित संधि युक्त शब्दों का उनके भेद से मिलान कीजिए।**

संधि युक्त शब्द	संधि-भेद
(क) सहानुभूति	(i) वृद्धि संधि
(ख) यथेष्ट	(ii) यण संधि
(ग) एकैक	(iii) अयादि संधि
(घ) यद्यपि	(iv) गुण संधि
(ङ) पावक	(v) दीर्घ संधि

5 **निम्नलिखित शब्दों में संधि करके उसका भेद लिखिए।**

संधि-विच्छेद	संधि युक्त पद	संधि का भेद
(क) सु + आगत	______	______
(ख) नै + इका	______	______
(ग) महा + ईश	______	______
(घ) सदा + एव	______	______
(ङ) भानु + उदय	______	______

6 **निम्नलिखित शब्दों का संधि-विच्छेद कीजिए।**

(क) सत्याग्रह ______________

(ख) महोत्सव ______________

(ग) गायिका ______________

(घ) सद्‌भावना ______________

(ङ) उद्धार ______________

समास

1 निम्नलिखित शब्दों के लिए उचित विग्रह छाँटकर लिखिए।

(क) धनहीन

(i) धन और हीन ☐ (ii) धन के लिए ☐

(iii) धन से हीन ☐ (iv) धन के समान हीन ☐

(ख) त्रिलोक

(i) तीन लोकों का समूह ☐ (ii) तीनों लोकों का समाहार ☐

(iii) तीन और लोक ☐ (iv) तीन हैं जिसके लोक ☐

(ग) महाशय

(i) महान है जो आशय ☐ (ii) महान और आशय ☐

(iii) आशय से महान ☐ (iv) महान आशय ☐

(घ) गृह प्रवेश

(i) गृह में प्रवेश ☐ (ii) गृह और प्रवेश ☐

(iii) गृह का प्रवेश ☐ (iv) गृह के लिए प्रवेश ☐

(ङ) दयासागर

(i) दया और सागर ☐ (ii) दया के लिए सागर ☐

(iii) दया का सागर ☐ (iv) दया है जो सागर ☐

2 निम्नलिखित में रिक्त स्थानों की पूर्ति समस्त पद/विग्रह द्वारा कीजिए।

(क) हिमालय को ______ कहते हैं। (हिम का आलय/हिमगिरी)

(ख) पुस्तकों का आलय ______ कहलाता है। (पुस्तकालय/पुस्तकघर)

(ग) लंबा है उदर जिसका उसे ______ कहते हैं। (लंबोदर/लंबवत्)

(घ) राजा का कुमार का समस्त पद ______ होता है। (राजकुमार/राजकुंवर)

(ङ) पंचवटी का विग्रह ______ होता है। (पाँच वटों का समूह/पाँच वृत्तों का समूह)

3 **निम्नलिखित वाक्यों में सही के सामने सही (✓) तथा गलत के सामने गलत (✗) का चिह्न लगाइए।**

(क) 'पंकज = पंक में उत्पन्न हो जो (कमल) बहुव्रीहि समास का उदाहरण है। ☐

(ख) 'सात सिंधुओं का समूह' कर्मधारय समास का उदाहरण है। ☐

(ग) 'मन से चाहा = मनचाहा' तत्पुरुष समास का उदाहरण है। ☐

(घ) 'चार राहों का समूह अर्थात् चौराहा' द्विगु समास का उदाहरण है। ☐

(ङ) 'राजा और प्रजा' अव्ययीभाव समास का उदाहरण है। ☐

4 **निम्नलिखित समस्त पदों का विग्रह कर समास का नाम लिखिए।**

	समस्त पद	विग्रह	समास का नाम
(क)	सप्ताह	____________	____________
(ख)	हार-जीत	____________	____________
(ग)	वनवासी	____________	____________
(घ)	रेखांकित	____________	____________
(ङ)	गजानन	____________	____________

5 **निम्नलिखित शब्दों का समस्त पद लिखिए।**

(क) हाथ ही हाथ में ____________

(ख) विष को धारण करने वाला ____________

(ग) धर्म और अधर्म ____________

(घ) यथा इष्ट ____________

(ङ) कर्म में निरत ____________

6 **निम्नलिखित समस्त पदों का सही समास से मिलान कीजिए।**

(क) कुसुमकोमल	(i) तत्पुरुष
(ख) यथाशक्ति	(ii) द्वंद्व
(ग) पदच्युत	(iii) कर्मधारय
(घ) चौराहा	(iv) अव्ययीभाव
(ङ) गौरीशंकर	(v) द्विगु

अध्याय 6

संज्ञा

1 निम्नलिखित प्रश्नों के सही विकल्प को चुनकर लिखिए।

(क) निम्नलिखित में से कौन-सा शब्द जातिवाचक संज्ञा नहीं है?

(i) रामायण ☐ (ii) कुरान ☐

(iii) बाइबिल ☐ (iv) पुस्तक ☐

(ख) बालक विद्यालय जाते हैं। वाक्य में रेखांकित शब्द ______ है।

(i) व्यक्तिवाचक संज्ञा ☐ (ii) जातिवाचक संज्ञा ☐

(iii) भाववाचक संज्ञा ☐ (iv) समूहवाचक संज्ञा ☐

(ग) 'समीप' की भाववाचक संज्ञा है।

(i) पास ☐ (ii) निकट ☐

(iii) समीपता ☐ (iv) दूर ☐

(घ) 'नाम' से किस संज्ञा का बोध होता है?

(i) जातिवाचक संज्ञा ☐ (ii) द्रव्यवाचक संज्ञा ☐

(iii) समूहवाचक संज्ञा ☐ (iv) व्यक्तिवाचक संज्ञा ☐

(ङ) गांधीजी ने भारत को स्वतंत्र कराया वाक्य में रेखांकित शब्द ______ है।

(i) भाववाचक संज्ञा ☐ (ii) समूहवाचक संज्ञा ☐

(iii) व्यक्तिवाचक संज्ञा ☐ (iv) जातिवाचक संज्ञा ☐

2 नीचे दिए गए जातिवाचक संज्ञा शब्दों से भाववाचक संज्ञा बनाइए।

जातिवाचक संज्ञा	भाववाचक संज्ञा
(क) लड़का	______
(ख) बच्चा	______
(ग) मनुष्य	______
(घ) बूढ़ा	______
(ङ) पुरुष	______

3 निम्नलिखित वाक्यों में सही के सामने सही (✓) तथा गलत के सामने गलत (×) का चिह्न लगाइए।

(क) रमेश जातिवाचक संज्ञा है। ☐

(ख) पहाड़ भाववाचक संज्ञा है। ☐

(ग) पेट्रोल व्यक्तिवाचक संज्ञा है। ☐

(घ) परिवार द्रव्यवाचक संज्ञा है। ☐

(ङ) मेला समूहवाचक संज्ञा है। ☐

4 निम्नलिखित वाक्यों में रेखांकित शब्द में संज्ञा का भेद बताइए।

(क) मुड़ो प्रकृति की ओर, बढ़ो <u>मनुष्यता</u> की ओर। ______

(ख) पेड़ की <u>ऊँचाई</u> अधिक है। ______

(ग) रोगी <u>अस्पताल</u> में भर्ती हुआ। ______

(घ) <u>बचपन</u> की याद भुलाए नहीं भूलती है। ______

(ङ) आगरा का <u>ताजमहल</u> प्रसिद्ध है।

5 कोष्ठक में दिए गए शब्दों की सहायता से उचित भाववाचक संज्ञा शब्दों का प्रयोग करके रिक्त स्थान भरिए।

(क) उसकी ____ पर सभी को गर्व है (वीर)

(ख) वह उसकी ____ को देखकर क्षुब्ध था। (सुंदर)

(ग) रोहन ने अपने मित्र को ____ रखने के लिए कहा। (धीर)

(घ) बगीचे में चारों ओर ____ छाई है। (हरा)

(ङ) वह अत्यंत ____ व्यक्ति है। (लोभ)

6 निम्नलिखित गद्यांश में से संज्ञा के भेदों को पहचानकर लिखिए।

कुछ समय पूर्व की बात है जब मैं अपने गाँव गई थी। वहाँ का वातारण सौंदर्य की प्रतिमूर्ति था। मेरी सखी स्नेहा भी मेरे साथ सैर के लिए वन को गई। वहाँ हमने पक्षियों के समूह को देखा। पास में एक नदी थी, जिसके पानी में हंस कलरव कर रहे थे। वन का वातावरण ठंडा था। मुझे और मेरी सखी को ठंड की अनुभूति होने लगी। वहाँ मुझे अचानक लकड़ियों का गट्ठर दिखाई पड़ा। ठंड को दूर करने के लिए हमने लकड़ी के गट्ठर को जलाया। इसके पश्चात् हम दोनों घर की ओर लौट गए। रास्ते में हमने एक लोहे का चिमटा भी खरीदा।

(क) व्यक्तिवाचक संज्ञा ______ ______

(ख) जातिवाचक संज्ञा ______ ______

(ग) भाववाचक संज्ञा ______ ______

(घ) समूहवाचक संज्ञा ______

(ङ) द्रव्यवाचक संज्ञा ______

[अध्याय 7]

संज्ञा के विकार

लिंग

1 **निम्नलिखित पुल्लिंग शब्दों को उपयुक्त प्रत्ययों से सुमेलित कीजिए, जिससे सार्थक स्त्रीलिंग शब्द की उत्पत्ति हो।**

पुल्लिंग शब्द	प्रत्यय
(क) ठाकुर	(i) इनी
(ख) कमल	(ii) आनी
(ग) छोटा	(iii) आइन
(घ) मोर	(iv) ई
(ङ) देवर	(v) नी

2 **निम्नलिखित प्रश्न के सही विकल्प को चुनकर लिखिए।**

(क) युवती का पुल्लिंग शब्द है

(i) युवक ☐ (iii) यूवक ☐

(iii) यौवन ☐ (iv) जवान ☐

(ख) पानी शब्द है

(i) स्त्रीलिंग ☐ (ii) पुल्लिंग ☐

(iii) स्त्रीलिंग व पुल्लिंग दोनों ☐ (iv) इनमें से कोई नहीं ☐

(ग) श्रीमान का स्त्रीलिंग शब्द है

(i) श्रीमानी ☐ (ii) श्रीमति ☐

(iii) श्रिमति ☐ (iv) श्रीमती ☐

(घ) इनमें से कौन-सा नित्य स्त्रीलिंग शब्द नहीं है?

(i) कौआ ☐ (ii) मच्छर ☐

(iii) कोयल ☐ (iv) चीता ☐

3 **नीचे कुछ शब्द दिए गए हैं। इन शब्दों को लिंग के आधार पर उनके वर्ग के नीचे लिखिए।**

पैर, आँख, फूल, झील, आम, हाथी, बेटा, गंगा, हिमालय, सेना, पुखराज, हवा, तालाब, पानी, सजावट, बुनावट, ककड़ी, अंग्रेजी, प्यास, टमाटर।

पुल्लिंग	स्त्रीलिंग
(क) ________	(ख) ________
________	________
________	________

4 **नीचे दिए गए शब्दों के लिंग बदलकर लिखिए।**

(क) अध्यक्ष ________

(ख) नायक ________

(ग) देव ________

(घ) लड़का ________

(ङ) लोटा ________

5 **निम्नलिखित शब्दों के रेखांकित अंशों के लिंग बदलकर वाक्य को पुनः लिखिए।**

(क) <u>मालिक</u> ने <u>नौकर</u> को निकाल दिया।

____

(ख) हमारे <u>पड़ोसी</u> का <u>बेटा</u> <u>अभिनेता</u> बन गया है।

____

(ग) <u>सम्राज्ञी</u> ने <u>भिखारिन</u> को वस्त्र दिए।

____

(घ) कवि ने <u>मोटे सेठ</u> की कविता सुनाई।

____

(ङ) पुस्तक मेले में <u>लेखक</u> और <u>पाठक</u> साथ बैठे थे।

____

6 **निम्नलिखित वाक्यों के रेखांकित अंशों के लिंग बदलकर रिक्त स्थानों में भरिए।**

(क) सभा में <u>विद्वान्</u> और ________ ने भाषण दिया।

(ख) सरोवर में <u>हाथी</u> के साथ ________ भी नहा रही थी।

(ग) यहाँ के ________ और <u>अध्यापिका</u> बड़े परिश्रमी हैं।

(घ) <u>राजा</u> और ________ का आसन सबसे ऊँचा था।

(ङ) <u>नेता</u> और ________ दोनों ने ही चुनावी वायदों की झड़ी लगा दी।

7 **निम्नलिखित वाक्यों में सही के सामने सही (✓) और गलत के सामने गलत (✗) का चिह्न लगाइए।**

(क) 'खटमल' नित्य पुल्लिंग शब्द है। ☐

(ख) लिंग से पुरुष या स्त्री जाति का बोध होता है। ☐

(ग) कुछ संज्ञा शब्दों के अंत में 'अ' का 'आ' करने पर उनका लिंग बदल जाता है। ☐

(घ) मक्खी नित्य स्त्रीलिंग शब्द है। ☐

(ङ) 'राजदूत' उभयलिंगी शब्द नहीं है। ☐

वचन

1 **निम्नलिखित प्रश्नों के सही विकल्प चुनकर लिखिए।**

(क) वर्षा शब्द का उचित बहुवचन रूप चुनिए।

(i) वर्षाएँ ☐ (ii) वर्षाओं ☐

(iii) वर्षा ☐ (iv) वर्षागण ☐

(ख) इनमें से गलत वचन वाला वाक्य है।

(i) उसने हस्ताक्षर कर दिए। ☐ (ii) पिताजी आ गया है। ☐

(iii) पक्षी पेड़ पर बैठे हैं। ☐ (iv) बच्चा खेल रहा है। ☐

(ग) चुहिया का बहुवचन है।

(i) चुहियों ☐ (ii) चूहिया ☐ (iii) चुहियाँ ☐ (iv) चुहिये ☐

(घ) 'जंगल में <u>हाथियों</u> ने जमकर उत्पात मचाया' वाक्य में रेखांकित शब्द है।

(i) एकवचन ☐ (ii) बहुवचन ☐ (iii) तृतीय वचन ☐ (iv) ये सभी ☐

(ङ) फूलों का एकवचन रूप है।

(i) फूल ☐ (ii) फल ☐ (iii) फलों ☐ (iv) ये सभी ☐

2 **निम्नलिखित शब्दों को उनके संगत समूह सूचक शब्द से मिलाइए।**

शब्द	**समूह सूचक शब्द**
(क) युवा	(i) गण
(ख) कृषक	(ii) लोग
(ग) मुनि	(iii) जन
(घ) नेता	(iv) समुदाय
(ङ) शिक्षित	(v) वृंद

3 नीचे दिए गए शब्दों को उनके वर्ग के अनुसार लिखिए।

सेनाएँ, मेला, सभा, नारियाँ, बच्चे, खगवृंद, प्रज्ञा, जोड़ा केले, दवात, मैं, डाली, छात्रगण, प्रियजन, तुम लोग।

	एकवचन	बहुवचन		एकवचन	बहुवचन
(क)	________	________	(ख)	________	________
(ग)	________	________	(घ)	________	________
(ङ)	________	________	(च)	________	________
(छ)	________	________	(ज)	________	________

4 नीचे दिए गए शब्दों के बहुवचन बनाइए।

(क) भाषा ________ (ख) बिटिया ________

(ग) शिला ________ (घ) कवि ________

(ङ) दीवार ________

5 निम्नलिखित वाक्यों में रिक्त स्थानों की पूर्ति उचित शब्द भरकर कीजिए।

(क) सड़क पर ________ भागी जा रही हैं। (गाड़ी/गाड़ियाँ)

(ख) वर्षा के बाद ________ धुले नज़र आ रहे थे। (पत्ते/पत्ता)

(ग) शिकारी को देखते ही ________ भाग गए। (हिरण/हिरणों)

(घ) फूल पर ________ बैठी हैं। (तितलियाँ/तितली)

(ङ) मेरी जेब में पचास ________ हैं। (रुपया/रुपये)

6 निम्नलिखित वाक्यों के वचन बदलकर पुनः लिखिए।

(क) खुली मिठाई पर मक्खी भिनभिना रही थी।

____

(ख) कल वह मुझसे मिलने के लिए आया था।

____

(ग) बच्चों ने गुब्बारा खरीदा।

____

(घ) मुर्गी अंडा से रही थी।

____

(ङ) सफ़ाई कर्मचारी गली साफ़ कर रहा था।

____

7 **निम्नलिखित वाक्यों में सही के सामने सही (✓) तथा गलत के सामने गलत (✗) का चिह्न लगाइए।**

(क) वचन से वस्तुओं की संख्याओं का बोध होता है। ☐

(ख) 'समुद्र तट पर अनेक नावें हैं।' प्रस्तुत वाक्य बहुवचन का उदाहरण है। ☐

(ग) वचन की पहचान वाक्य में प्रयुक्त क्रिया को देखकर भी की जा सकती है। ☐

(घ) पक्षी पेड़ पर बैठे हैं। वाक्य एकवचन का उदाहरण है। ☐

(ङ) आदरणीय व्यक्ति के लिए बहुवचन का प्रयोग होता है। ☐

कारक

1 **उपयुक्त कारक-चिह्नों से वाक्य को पूरा कीजिए।**

लहरें चट्टानों ——— सिर धुनने लगीं मानो बाज ——— मृत्यु पर आँसू बहा रही हों। धीरे-धीरे समुद्र ——— असीम विस्तार ——— बाज आँखों ——— ओझल हो गया। साँप बड़ी देर तक बाज की मृत्यु और आकाश ——— उसके प्रेम के विषय ——— सोचता रहा। आकाश की असीम शून्यता हेतु बाज ——— अपने प्राण गँवा दिए।

2 **बहुविकल्पीय प्रश्न**

(क) 'पेड़ से पत्ता गिरता है।' प्रस्तुत वाक्य में कौन-सा कारक चिह्न प्रयुक्त है?

(i) करण ☐ (ii) अपादान ☐
(iii) कर्ता ☐ (iv) संप्रदान ☐

(ख) 'को' कारक चिह्न किस कारक का है?

(i) कर्ता ☐ (ii) कर्म ☐
(iii) संप्रदान ☐ (iv) ये सभी ☐

(ग) 'उमा अजनबी से शर्माती है।' प्रस्तुत पंक्ति में प्रयुक्त कारक का नाम है।

(i) करण ☐ (ii) संप्रदान ☐
(iii) अपादान ☐ (iv) संबोधन ☐

(घ) पक्षी ने पेड़ की डाली ——— घोंसला बनाया।

(i) में ☐ (ii) पर ☐
(iii) से ☐ (iv) के लिए ☐

(ङ) बच्चे छत ——— खेल रहे हैं।

(i) में ☐ (ii) पर ☐
(iii) से ☐ (iv) ऊपर ☐

3 नीचे दिए गए कारकों का मिलान उनके चिह्न के साथ कीजिए।

(क) कर्ता	(i) से, के द्वारा
(ख) कर्म	(ii) का, की, के
(ग) करण	(iii) को
(घ) संप्रदान	(iv) में, पर
(ङ) अपादान	(v) ने
(च) संबंध	(vi) हे, अरे
(छ) अधिकरण	(vii) से (अलग)
(ज) संबोधन	(viii) को, के लिए

4 निम्नलिखित वाक्यों के रिक्त स्थानों में उचित कारक-चिह्न भरिए।

(क) सैनिक देश __________ जान दे देते हैं।

(ख) तालाब __________ कमल खिले हैं।

(ग) समुद्र __________ चौदह रत्न निकले।

(घ) __________ तुमने इतना सुंदर चित्र बनाया।

(ङ) ये फल बच्चों __________ दे देना।

5 निम्नांकित वाक्यों के रेखांकित अंशों में आए कारक का नाम लिखिए।

(क) अचानक <u>आसमान में</u> बादल घिर आए। __________

(ख) यह वस्त्र <u>अनाथों को</u> दे दो। __________

(ग) बच्चे ने <u>पेंसिल से</u> चित्र बनाया। __________

(घ) पुष्कर <u>बाज़ार से</u> कलम लाया। __________

(ङ) यह हमारे <u>देश का</u> मानचित्र है। __________

6 निर्देशानुसार वाक्य रचना कीजिए।

(क) 'ने' चिह्न के साथ कर्ता कारक __________

(ख) 'ने' चिह्न के बिना कर्ता कारक __________

(ग) 'को' चिह्न के साथ कर्म कारक __________

(घ) 'को' चिह्न के बिना कर्म कारक __________

(ङ) 'को' चिह्न संप्रदान कारक __________

अध्याय 8

सर्वनाम

1 निम्नलिखित प्रश्नों के सही विकल्प को चुनकर लिखिए।

(क) सर्वनाम का शाब्दिक अर्थ है

(i) सभी का नाम—सर्व संज्ञा ☐ (ii) सभी का नाम—संज्ञा ☐

(iii) किसी का नाम—सर्वनाम ☐ (iv) सब का नाम—सर्व ☐

(ख) 'मैं तो अपने आप ही आता था।' यहाँ रेखांकित पद क्या है?

(i) पुरुषवाचक सर्वनाम ☐ (ii) निजवाचक सर्वनाम ☐

(iii) संबंधवाचक सर्वनाम ☐ (iv) निश्चयवाचक सर्वनाम ☐

(ग) निश्चयवाचक सर्वनाम कौन-सा है?

(i) कौन ☐ (ii) कुछ ☐

(iii) आप ☐ (iv) वह ☐

(घ) 'यह' सर्वनाम का बहुवचन रूप ——— है।

(i) वे ☐ (ii) हम ☐

(iii) ये ☐ (iv) यही ☐

(ङ) 'तुम कहाँ रहते हो?' वाक्य में रेखांकित शब्द में कौन-सा सर्वनाम है?

(i) निश्चयवाचक ☐ (ii) अनिश्चयवाचक ☐

(iii) प्रश्नवाचक ☐ (iv) निजवाचक ☐

2 निम्नलिखित वाक्यों में रिक्त स्थानों की पूर्ति उचित शब्द से कीजिए।

(क) तुम ——— काम स्वयं करो। (तुम्हारा/अपना)

(ख) 'मैं' किसी एक का नाम न होकर ——— है। (क्रिया/सर्वनाम)

(ग) वह ——— कह रहा था? (ये/क्या)

(घ) कर्ता अपने लिए जिन सर्वनाम शब्द/शब्दों का प्रयोग करता है, उन्हें ——— सर्वनाम शब्द कहते हैं। (निजवाचक/पुरुषवाचक)

(ङ) दो भिन्न बातों का संबंध जोड़ने वाले ——— कहलाते हैं। (प्रश्नवाचक/संबंधवाचक)

3 नीचे 'क' वर्ग में सर्वनाम शब्द दिए गए हैं और 'ख' वर्ग में उनके भेद दिए हैं। उचित मिलान कीजिए।

'क' वर्ग	'ख' वर्ग
(क) कोई	(i) उत्तम पुरुषवाचक सर्वनाम
(ख) तुमसे	(ii) प्रश्नवाचक सर्वनाम
(ग) अपना	(iii) अनिश्चयवाचक सर्वनाम
(घ) कौन	(iv) निश्चयवाचक सर्वनाम
(ङ) यही	(v) अन्य पुरुषवाचक सर्वनाम
(च) मैं	(vi) मध्यम पुरुषवाचक सर्वनाम
(छ) वह	(vii) निजवाचक सर्वनाम

4 नीचे दिए गए सर्वनाम शब्दों को पुरुषवाचक सर्वनाम के भेद के अनुसार अलग करके लिखिए।

तुम, हम, हमने, तुम्हें, उनको, इन्हें, तूने, मुझे, तू, वे, मेरा, मैंने, आपने, उन, मुझको

(क) उत्तम पुरुष ____________________

(ख) मध्यम पुरुष ____________________

(ग) अन्य पुरुष ____________________

5 अनावश्यक संज्ञा शब्दों के स्थान पर सर्वनामों का प्रयोग करते हुए अनुच्छेद पुनः लिखिए।

प्रेमचंद का जन्म सन् 1880 में बनारस के लमही गाँव में हुआ था। प्रेमचंद का मूल नाम धनपतराय था। प्रेमचंद का बचपन अभावों में बीता। प्रेमचंद ने शिक्षा विभाग में नौकरी की, परंतु असहयोग आंदोलन में सक्रिय भाग लेने के लिए सरकारी नौकरी से त्यागपत्र दे दिया। प्रेमचंद का सन् 1936 में देहांत हो गया। प्रेमचंद की कहानियाँ मानसरोवर के आठ भागों में संकलित हैं। प्रेमचंद के प्रमुख उपन्यास सेवासदन, प्रेमाश्रय, रंगभूमि, गोदान आदि हैं।

____

____

____

अध्याय 9

विशेषण

1 नीचे दिए गए विशेषण शब्दों के लिए प्रयुक्त विशेष्य लिखिए।

विशेषण	विशेष्य
(क) आकर्षक	____________
(ख) सुंदर	____________
(ग) शीतल	____________
(घ) सुगंधित	____________
(ङ) हरे	____________

2 निम्नलिखित वाक्यों में रिक्त स्थानों की पूर्ति उचित विशेषण से कीजिए।

(क) मोहन ________ लड़का है। (अच्छा/खोटा)

(ख) ________ चीनी लाओ। (4 लीटर/4 किलो)

(ग) ________ बालक खेल रहे हैं। (कुछ/किसी)

(घ) ________ लड्डू खाओ और रख दो। (कौन/कुछ)

(ङ) हिमालय ________ पर्वत है। (ऊँचा/गोरा)

(च) कक्षा में ________ से छात्र बैठे हैं। (बहुत/कुछ)

3 निम्नलिखित वाक्यों में सही के सामने सही (✓) और गलत के सामने गलत (✕) का चिह्न लगाइए।

(क) भला, सुंदर, काला, नया शब्द गुणवाचक विशेषण का बोध कराते हैं। ☐

(ख) 'कुछ कागज़ खो गए।' निश्चित संख्यावाचक विशेषण का उदाहरण है। ☐

(ग) चार कुर्सियों में चार शब्द संख्यावाचक विशेषण है। ☐

(घ) सर्वनाम शब्द कभी-कभी विशेषण का कार्य भी करते हैं। ☐

(ङ) बल का विशेषण बलवान होगा। ☐

4 **निम्नलिखित शब्दों से विशेषण बनाइए।**

शब्द	विशेषण
(क) सप्ताह	__________
(ख) मास	__________
(ग) इलाहाबाद	__________
(घ) ओज	__________
(ङ) दया	__________

5 **निम्नलिखित वाक्यों में से विशेषण शब्द छाँटकर उसका भेद बताइए।**

(क) यह किताब मेरी है। __________

(ख) सभी लोग चले गए। __________

(ग) उसने एक नया घर खरीदा है। __________

(घ) थोड़ा पानी पी लीजिए। __________

(ङ) चारों ओर अँधेरा व्याप्त है। __________

6 **नीचे दिए गए रिक्त स्थानों को विशेषण की तुलनात्मक अवस्था से पूर्ण कीजिए।**

मूलावस्था	उत्तरावस्था	उत्तमावस्था
(क) तीव्र	______	तीव्रतम
(ग) बलवान	बलवत्तर	______
(ङ) प्रिय	______	प्रियतम
(छ) महान	______	महत्तम
(ङ) ______	वृहत्तर	वृहत्तम

अध्याय 10

क्रिया

1 **बॉक्स में दिए गए शब्दों में से सकर्मक क्रिया व अकर्मक क्रिया को छाँटकर लिखिए।**

दौड़ना, पढ़ना, उठना, खाना, रोना, देखना, चलना, लिखना, उड़ना, काटना

सकर्मक क्रिया	अकर्मक क्रिया
__________	__________
__________	__________
__________	__________
__________	__________
__________	__________

2 **निम्नलिखित वाक्यों में सही के सामने सही (✓) और गलत के सामने गलत (×) का चिह्न लगाइए।**

(क) 'मोहन पुस्तक पढ़ता है।' प्रस्तुत वाक्य में सकर्मक क्रिया है। ☐

(ख) 'बच्चे तैर रहे हैं। प्रस्तुत वाक्य में अकर्मक क्रिया है। ☐

(ग) 'माली पौधों को पानी देता है।' वाक्य में एककर्मक क्रिया है। ☐

(घ) 'वह निबंध लिखता है।' वाक्य में एककर्मक क्रिया है। ☐

3 **निम्नलिखित वाक्यों में रिक्त स्थानों को कोष्ठक में दिए गए शब्द के उचित रूप से पूरा कीजिए।**

(क) नई कक्षा में मैंने नई पुस्तकें __________। (खरीदना)

(ख) तुमने इस विषय में क्या __________। (सोचना)

(ग) वह अपने देश __________। (जाना)

(घ) इस मैच में भारत अवश्य __________। (जीतना)

(ङ) यह __________ वह घर के अंदर चला गया। (कहना)

4 निम्नलिखित वाक्यों में से कर्म के आधार पर क्रिया छाँटकर भेद के नाम भी लिखिए।

वाक्य	क्रिया	भेद
(क) लता सो रही है।		
(ख) उस लड़के को आवाज़ दो।		
(ग) पेड़ पर बैठी चिड़िया उड़ गई।		
(घ) बच्चे छत पर पतंग उड़ा रहे हैं।		
(ङ) बच्चे खाना खा रहे हैं।		

5 निम्नलिखित वाक्यों में प्रयुक्त धातु तथा सहायक क्रिया अलग-अलग छाँटकर लिखिए।

वाक्य	धातु	सहायक क्रिया
(क) लड़का हँस रहा है।		
(ख) फल खरीदे जा रहे हैं।		
(ग) मैं पत्र पढ़ रहा हूँ।		
(घ) सोहन प्रार्थना कर रहा है।		
(ङ) वह विद्यालय जा रहा है।		

6 नीचे दिए गए क्रिया शब्दों के पूर्वकालिक क्रिया-रूप लिखकर उन्हें वाक्य में प्रयोग कीजिए।

पढ़ना, हँसना, लिखना, उड़ना, मारना

(क) ______________________

(ख) ______________________

(ग) ______________________

(घ) ______________________

(ङ) ______________________

काल

1 निम्नलिखित प्रश्नों के सही विकल्प को चुनकर लिखिए।

(क) अध्यापक कक्षा में पढ़ाते हैं।

(i) भूतकाल ☐ (ii) भविष्यत् काल ☐
(iii) वर्तमान काल ☐ (iv) संदिग्ध काल ☐

(ख) वह कल काम पर जाएगा।

(i) वर्तमान काल ☐ (ii) भूवकाल ☐
(iii) असंदिग्ध काल ☐ (iv) भविष्यत् काल ☐

(ग) पक्षी घोसलें में बैठे थे।

(i) अपूर्ण काल ☐ (ii) भूतकाल ☐
(iii) भविष्यत् काल ☐ (iv) वर्तमान काल ☐

(घ) अरे! यह दृश्य कितना सुंदर है।

(i) वर्तमान काल ☐ (ii) भविष्यत् काल ☐
(iii) भूतकाल ☐ (iv) सामान्य काल ☐

2 दिए गए संकेतों की सहायता से रिक्त स्थान भरिए।

(क) हम सब मिलकर वृक्ष __________ (लगाना/भविष्यत् काल में)

(ख) रोहन ने गाना __________ (गा/भूतकाल में)

(ग) आज वह बाज़ार __________ (जाना/भविष्यत् काल में)

(घ) वह ______ है। (पढ़ना/वर्तमान काल में)

3 **निम्नलिखित वाक्यों को वर्तमान काल में बदलिए।**

(क) मैं बाज़ार जा रहा था। ______

(ख) वह कल दिल्ली से आएगा। ______

(ग) मुझे कहानी पढ़ना अच्छा लगता था। ______

4 **निम्नलिखित वाक्यों को भूतकाल में बदलिए।**

(क) रमन खाना खा रहा है। ______

(ख) बच्चे मैदान में खेल रहे हैं। ______

(ग) उसके पिताजी कल आएँगे। ______

5 **निम्नलिखित वाक्यों को भविष्यत् काल में बदलिए।**

(क) दिनेश खाना खा रहा है। ______

(ख) उसके मित्र आज आएँगे। ______

(ग) माताजी खाना बना रही हैं। ______

6 **निम्नलिखित वाक्यों में प्रयुक्त क्रिया के काल का नाम बताइए।**

(क) अध्यापिका कहानी सुना रही हैं। ______

(ख) हम कल घूमने जाएँगे। ______

(ग) पिताजी बाज़ार चले गए। ______

7 **कोष्ठक में दिए गए सही विकल्प को छाँटकर लिखिए।**

(क) वह पढ़ता होगा। ______ (संदिग्ध वर्तमान/संभाव्य वर्तमान)

(ख) शायद कल मेरी बहन आएगी। ______ (संभाव्य भविष्यत्/सामान्य भविष्यत्)

(ग) रोहन गया। ______ (आसन्न भूत/सामान्य भूत)

(घ) प्रियंका कक्षा में प्रथम आई। ______ (पूर्ण भूत/अपूर्ण वर्तमान)

अध्याय 12

वाच्य

1 निम्नलिखित प्रश्नों के सही विकल्प को चुनकर लिखिए।

(क) मैंने ही यह पुस्तक लिखी है। (कर्मवाच्य में)

(ख) रोगी से दवाई नहीं खाई जा रही है। (कर्तृवाच्य में)

(ग) बच्चा ज़ोर-ज़ोर से रो रहा था। (भाववाच्य में)

(घ) आपके द्वारा सुंदर लेख लिखा गया। (कर्तृवाच्य में)

(ङ) संगीता मनमोहक चित्र बनाती है। (कर्मवाच्य में)

2 निम्नलिखित वाक्यों में सही के सामने सही (✓) और गलत के सामने गलत (✗) का चिह्न लगाइए।

(क) कर्मवाच्य में कर्ता के बाद से या के द्वारा का प्रयोग किया जाता है। ☐

(ख) 'माँ द्वारा खाना बनाया जाता है।' कर्मवाच्य का उदाहरण है। ☐

(ग) भाववाच्य में कर्ता की प्रधानता होती है। ☐

(घ) 'माँ से चला नहीं जाता।' कर्मवाच्य का उदाहरण है। ☐

(ङ) कर्तृवाच्य में कर्ता की प्रधानता नहीं होती। ☐

3 निम्नलिखित वाक्यों में वाच्य का सही भेद कोष्ठक से चुनकर लिखिए।

(क) मुझसे दौड़ा नहीं जाता है। ______ (कर्मवाच्य/भाववाच्य)

(ख) तुलसी द्वारा रामायण लिखी गई। ______ (कर्तृवाच्य/कर्मवाच्य)

(ग) सुमन से बोला जाता है। ______ (भाववाच्य/कर्मवाच्य)

(घ) रमन स्कूल जाता है। _______________ (कर्तृवाच्य/कर्मवाच्य)

(ङ) धोबी के द्वारा कपड़े धोए जाते हैं। _______________ (कर्मवाच्य/भाववाच्य)

4 निम्नलिखित वाक्यों में रिक्त स्थानों को कोष्ठक में दिए गए वाच्य के अनुसार पूरा कीजिए।

(क) _______________ चला नहीं जाता। (भाववाच्य)

(ख) _______________ चोर को पकड़ा। (कर्तृवाच्य)

(ग) _______________ पढ़ रही है। (कर्तृवाच्य)

(घ) _______________ दूध पिया जा रहा है (कर्मवाच्य)

(ङ) _______________ सोया जाता है। (भाववाच्य)

5 निम्नलिखित कर्तृवाच्य को कर्मवाच्य में बदलिए।

कर्तृवाच्य	कर्मवाच्य
(क) हिमांशी स्कूल जाती है।	_______________
(ख) माँ बच्चों को दूध पिला रही है।	_______________
(ग) शिकारी शिकार करता है।	_______________
(घ) तुलसीदास ने 'रामचरितमानस' की रचना की।	_______________
(ङ) वह खाना खाता है।	_______________

6 निम्नलिखित वाक्यों को भाववाच्य में बदलिए।

वाक्य	भाववाच्य
(क) वह नहीं दौड़ेगा।	_______________
(ख) बच्चा नहीं सोया।	_______________
(ग) वह नहीं बैठता।	_______________
(घ) राधा नहीं आती।	_______________
(ङ) घोड़ा नहीं दौड़ सकता।	_______________

(अध्याय 13)

अलंकार

1 निम्नलिखित प्रश्नों के सही विकल्प को चुनकर लिखिए।

(क) मुदित महीपति मंदिर आए।

(i) यमक ☐ (ii) पुनरुक्तिप्रकाश ☐

(iii) अनुप्रास ☐ (iv) श्लेष ☐

(ख) फूले कास सकल महि छाइ।

(i) रूपक ☐ (ii) उत्प्रेक्षा ☐

(iii) उपमा ☐ (iv) अनुप्रास ☐

(ग) हँसमुख हरियाली हिम-आतप, सुख से अलसाए-से सोए।

(i) श्लेष ☐ (ii) अतिशयोक्ति ☐

(iii) यमक ☐ (iv) मानवीकरण ☐

(घ) जगती जगती के भूख प्यास।

(i) यमक ☐ (ii) उत्प्रेक्षा ☐

(iii) अतिशयोक्ति ☐ (iv) श्लेष ☐

(ङ) तना रोया था मैं उस दिन ताल-तलैया सब भर डाले।

(i) मानवीकरण ☐ (ii) अनुप्रास ☐

(iii) उत्प्रेक्षा ☐ (iv) अतिशयोक्ति ☐

2 नीचे दी गई पंक्तियों का उचित अलंकार के साथ मिलान कीजिए।

(क) कै कै कारन रोवै बाला — (i) उत्प्रेक्षा

(ख) मैया मैं तो चंद्र खिलौना लैहों — (ii) यमक

(ग) सूरज है जग का बुझा-बुझा — (iii) अनुप्रास

(घ) काली घटा का घमंड घटा — (iv) रूपक

(ङ) मानों तरु भी झूम रहे हैं मंद पवन के झोंकों से — (v) पुनरुक्तिप्रकाश

3 निम्नलिखित वाक्यों में सही के सामने सही (✓) और गलत के सामने गलत (✕) का चिह्न लगाइए।

(क) 'हरि पद कोमल कम से' उपमा अलंकार का उदाहरण है। ☐

(ख) पुनरुक्त का अर्थ है— एक बार कहा गया। ☐

(ग) 'तीन बेर खाती थी वे तीन बेर खाती हैं'—में यमक अलंकार है। ☐

(घ) 'चरर मरर खुल गए अरर रवस्फुटों'—में अतिशयोक्ति अलंकार है। ☐

(ङ) 'चरण-कमल बंदौ हरि राई'—रूपक अलंकार का उदाहरण है। ☐

4 निम्नलिखित काव्य पंक्तियों के सामने कोष्ठक में अलंकारों के नाम लिखे हैं, उनमें से उचित अलंकार चुनकर लिखिए।

(क) रहिमन पानी राखिए, बिन पानी सब सून। (यमक/श्लेष)
पानी गए न उबरै, मोती मानुष चून।।

(ख) प्रात: नभ था बहुत नीला शंख जैसे। (रूपक/उपमा)

(ग) बरषत बारिद बूँद। (उपमा/अनुप्रास)

(घ) कर का मनका डारि दे, मन का मनका फेर।। (यमक/उत्प्रेक्षा)

(ङ) तब तो बहता समय शिला-सा जम जाएगा। (श्लेष/उपमा)

5 निम्नलिखित काव्य पंक्तियों के रेखांकित पदों में प्रयुक्त अलंकारों के नाम बताइए।

(क) हो भ्रष्ट शीत के से शतदल। ______________

(ख) अंबर-पनघट में डुबो रही तारा-घट उषा नगरी। ______________

(ग) कालिंदी-कूल-कदंब की डारन। ______________

(घ) वह दीपशिखा-सी शांत भाव में लीन। ______________

(ङ) मानो हवा के जोर से सोता हुआ सागर जगा। ______________

6 निम्नलिखित अलंकारों के उदाहरण लिखिए।

	अलंकार	उदाहरण
(क)	अनुप्रास	______________
(ख)	पुनरुक्तिप्रकाश	______________
(ग)	रूपक	______________
(घ)	अतिशयोक्ति	______________

(अध्याय 14)

उपसर्ग एवं प्रत्यय

उपसर्ग

1 निम्नलिखित प्रश्नों के सही विकल्प को चुनकर लिखिए।

(क) उपसर्ग कैसे शब्दों की रचना करते हैं?

(i) पुराने ☐ (ii) नए ☐
(iii) तद्भव ☐ (iv) देशज ☐

(ख) उपसर्ग का प्रयोग कहाँ किया जाता है?

(i) शब्द के अंत में ☐ (ii) शब्द के प्रारंभ में ☐
(iii) शब्द के मध्य ☐ (iv) इनमें से कोई नहीं ☐

(ग) उपसर्ग क्या होते हैं?

(i) शब्द ☐ (ii) वर्ण ☐
(iii) स्वर ☐ (iv) शब्दांश ☐

(घ) 'दुस्साहस' शब्द में प्रयुक्त उपसर्ग क्या है?

(i) दुस ☐ (ii) दु ☐
(iii) दुस् ☐ (iv) दुस्‍ ☐

(ङ) उपसर्ग का अपना क्या नहीं होता?

(i) संबंध ☐ (ii) अस्तित्व ☐
(iii) वाक्य ☐ (iv) समूहांश ☐

2 निम्नलिखित वाक्यों में रिक्त स्थानों की पूर्ति उचित शब्द से कीजिए।

(क) देश शब्द में 'स्व' जोड़ने पर ________ बनता है।

(ख) बल शब्द में 'स' जोड़ने पर ________ बनता है।

(ग) पका में अध जोड़ने पर ________ बनता है।

(घ) रहम में 'बे' जोड़ने पर ________ बनता है।

(ङ) चिरकाल शब्द में ________ उपसर्ग है।

3 दिए गए उपसर्ग का प्रयोग करके दो-दो नए शब्दों का निर्माण कीजिए।

(क) सर = ______ ______

(ख) सम् = ______ ______

(ग) पुरा = ______ ______

(घ) खुश = ______ ______

4 नीचे उपसर्ग और शब्द दिए हैं, उन्हें जोड़कर नवीन शब्द बनाइए।

	उपसर्ग	+	शब्द	नवीन शब्द
(क)	अप	+	यश	______
(ख)	वि	+	योग	______
(ग)	अनु	+	राग	______
(घ)	अन	+	इच्छा	______
(ङ)	सु	+	कर्म	______

5 निम्नलिखित शब्दों से उपसर्ग और मूल शब्द अलग करके लिखिए।

	शब्द	उपसर्ग	मूल शब्द
(क)	आजीवन	______	______
(ख)	अकाल	______	______
(ग)	कपूत	______	______
(घ)	निडर	______	______
(ङ)	अवगुण	______	______

प्रत्यय

1 निम्नलिखित प्रश्नों के सही विकल्प को चुनकर लिखिए।

(क) प्रत्यय क्या होते हैं?

(i) वर्ण ☐ (ii) स्वर ☐

(iii) शब्द ☐ (iv) शब्दांश ☐

(ख) प्रत्यय शब्द में कहाँ प्रयुक्त किए जाते हैं?

(i) आगे ☐ (ii) अंत में ☐

(iii) बीच में ☐ (iv) कहीं नहीं ☐

(ग) भिक्षुक में प्रयुक्त प्रत्यय है

(i) भि ☐ (ii) क्षुक ☐

(iii) क ☐ (iv) उक ☐

(घ) 'भक्ति' शब्द में प्रयुक्त प्रत्यय है

(i) त ☐ (ii) क्ति ☐

(iii) ति ☐ (iv) क्त ☐

(ङ) 'लुटेरा' शब्द में प्रयुक्त प्रत्यय है

(i) रा ☐ (ii) आ ☐

(iii) अ ☐ (iv) ऐरा ☐

2 निम्नलिखित वाक्यों में रिक्त स्थानों की पूर्ति कीजिए।

(क) दिन में 'इक' प्रत्यय जुड़कर ________ शब्द बनता है।

(ख) 'स्वतंत्रता' में ________ प्रत्यय है।

(ग) धनिक शब्द में ________ प्रत्यय का प्रयोग हुआ है।

(घ) जादूगर शब्द में ________ प्रत्यय लगा हुआ है।

(ङ) गुलाब शब्द में ________ प्रत्यय लगाने से गुलाबी विशेषण बनता है।

3 निम्नलिखित शब्दों का संभावित प्रत्यय के साथ मिलान कीजिए।

(क) सलाह	(i) एरा
(ख) बहुत	(ii) आवट
(ग) लिख	(iii) कार
(घ) शर्म	(iv) नाक
(ङ) दर्द	(v) ईला

4 निम्नलिखित प्रत्ययों से दो-दो शब्द बनाइए।

(क) वान ________ ________

(ख) अन ________ ________

(ग) इया ________ ________

(घ) आहट ________ ________

(ङ) इक ________ ________

5 निम्नलिखित शब्दों से प्रत्यय अलग करके लिखिए।

(क) मददगार ________

(ख) अक्लमंद ________

(ग) कृपालु ________

(घ) बगीचा ________

अध्याय 15

वाक्य

1 दिए गए वाक्यों को क्रमबद्ध रूप में इस प्रकार लिखिए, जिससे उसका स्पष्ट अर्थ निकलता हो।

(क) उड़ता गुब्बारा आसमान में फट गया।

(ख) भाषण देकर चले गए नेताजी।

(ग) शाम का वर्षा हो जाए शायद।

(घ) एक बच्चा दौड़ते हुए अभी-अभी आया।

2 निर्देशानुसार वाक्य छाँटकर लिखिए।

(क) विधानवाचक वाक्य

(i) साहसी व्यक्ति सफल नहीं होता है।

(ii) साहसी व्यक्ति सफल होता है।

(ख) आज्ञावाचक वाक्य

(i) आप द्वार पर बैठें और प्रतीक्षा करें।

(ii) आप कहाँ गए थे।

(ग) विस्मयवाचक वाक्य

(i) अच्छा हुआ आप आ गए।

(ii) अरे! तुमने तो कमाल कर दिया।

(घ) निषेधवाचक वाक्य

(i) मैं कल नहीं आऊँगा।

(ii) वह कहाँ जा रहा है।

3 **निम्नलिखित वाक्यों में सही के सामने सही (✓) और गलत के सामने गलत (×) का चिह्न लगाइए।**

(क) 'अपराधी होने के कारण उसे सजा हुई।' प्रस्तुत वाक्य सरल वाक्य है। ☐

(ख) संयुक्त वाक्यों में योजक शब्दों का प्रयोग होता है। ☐

(ग) आज्ञावाचक वाक्यों से आज्ञा, प्रार्थना आदि का ज्ञान होता है। ☐

(घ) उद्देश्य में कर्ता मूल नहीं होता है। ☐

(ङ) 'मैं बाज़ार गया और सामान खरीदा' प्रस्तुत वाक्य संयुक्त वाक्य है। ☐

4 **निम्नलिखित वाक्यों में से उद्देश्य तथा विधेय अलग-अलग करके लिखिए।**

वाक्य	उद्देश्य	विधेय
(क) सोहन पढ़कर सो जाता है।	________	________
(ख) परिश्रमी बालक पढ़ रहे हैं।	________	________
(ग) शिकारी के बाण से घायल पक्षी मर गया	________	________
(घ) मेरी माताजी अच्छा खाना बनाती हैं।	________	________
(ङ) रमेश प्रतिदिन विद्यालय जाता है।	________	________

5 **निम्नलिखित वाक्यों को कोष्ठक में दिए निर्देशानुसार परिवर्तित कीजिए।**

(क) सुबह होते ही नौकर काम पर चला गया। (संयुक्त वाक्य)

____

(ख) सोहन ने एक वृद्ध व्यक्ति को देखा। (मिश्र वाक्य)

____

(ग) मैंने एक दुबले-पतले आदमी को देखा जो भीख माँग रहा था। (सरल वाक्य)

____

(घ) रोहन विद्यालय से आकर खेलने चला गया। (संयुक्त वाक्य)

____

(ङ) दीपिका को पुस्तकें खरीदनी थीं, इसलिए वह बाज़ार गई। (सरल वाक्य)

____

6 **अर्थ के आधार पर निम्नलिखित वाक्यों का भेद बताइए।**

(क) रोहन पुस्तक पढ़ता है।

(ख) क्या वह चला गया।

(ग) वाह! क्या सुंदर दृश्य है।

(घ) वह आज विद्यालय नहीं जाएगी।

(ङ) शायद आज वह घर आ जाए।

अशुद्धि शोधन

वर्तनी की सामान्य अशुद्धियाँ

1 निम्नलिखित अशुद्ध शब्दों के शुद्ध रूप लिखिए।

	अशुद्ध	शुद्ध		अशुद्ध	शुद्ध
(क)	आदर्स	________	(ख)	प्रान	________
(ग)	छमा	________	(घ)	अरथ	________
(ङ)	बस्तु	________	(च)	पुर्ण	________
(छ)	आजकाल	________	(ज)	आयू	________

2 निम्नलिखित शब्दों के मानक रूप लिखिए।

(क)	बिमार	________	(ख)	उजज्वल	________
(ग)	अनानास	________	(घ)	चिन्ह	________
(ङ)	करतव्य	________	(च)	अहमकार	________
(छ)	सुवच्छ	________	(ज)	परमाण	________
(झ)	निती	________	(ञ)	सिंगार	________

3 निम्नलिखित शब्दों में मात्राओं का उचित प्रयोग करके शब्द पुनः लिखिए।

	शब्द	प्रयोग		शब्द	प्रयोग
(क)	वइज्ञान	________	(ख)	वइशएष	________
(ग)	मउनइ	________	(घ)	चआचआ	________
(ङ)	रआमाआयन	________	(च)	नीराकआर	________
(छ)	अनउकऊल	________	(ज)	समईप	________
(झ)	वइकल्प	________	(ञ)	सआकाआर	________

वाक्य संबंधी अशुद्धियाँ

1 नीचे कुछ वाक्य दिए गए हैं। इन वाक्यों की अशुद्धियों को पहचानकर वाक्यों को पुनः लिखिए।

अशुद्ध वाक्य	शुद्ध वाक्य
1. राम लक्ष्मण और सीता वन को गई।	
2. मेरे पास अनेकों कलमें हैं।	
3. अधिकारी ने हस्ताक्षर कर दिया है।	
4. हमारा गाँव में हरा-भरा वृक्ष है।	
5. आदमियों की भीड़ आ रही है।	
6. कलम अलमारी में रखा है।	
7. धान की फसल हरा-भरा हो गया है।	
8. सुमन का बाल बहुत लंबा है।	
9. आजकल आपका दर्शन दुर्लभ है।	
10. देखते ही देखते रोगी का प्राण निकल गया।	
11. महादेवी वर्मा प्रसिद्ध कवि थीं।	
12. नारी जाति ने भी देश की उन्नति में योगदान दिया।	
13. वर्षाएँ न होने से सूखा पड़ गया है।	
14. छात्र ने पुस्तक को खेल लिया है।	
15. मैंने भी आपके साथ चलना है।	

2 निम्नलिखित वाक्यों में उचित शब्द लिखकर रिक्त स्थानों की पूर्ति कीजिए।

(क) सैनिक को बहादुरी का ____________ दिया गया। (पुरस्कार/पुरुस्कार)

(ख) मज़दूर बाज़ार से ____________ लौट आया है। (वापिस/वापस)

(ग) ____________ प्रश्नों के उत्तर दीजिए। (उपरोक्त/उपर्युक्त)

(घ) ____________ आप मेरे घर आएँ। (कृपा/कृपया)

(ङ) मेरे पास ____________ बीस रुपये हैं। (मातृ/मात्र)

विराम-चिह्न

1 निम्नलिखित प्रश्नों के सही विकल्प को चुनकर लिखिए।

(क) विराम का अर्थ है

(i) जाना ☐ (ii) चलना ☐

(iii) रुकना ☐ (iv) बैठना ☐

(ख) हे भगवान ! दया करो ! प्रस्तुत वाक्य में विराम चिह्न है

(i) अल्पविराम ☐ (ii) अर्द्धविराम ☐

(iii) प्रश्नवाचक ☐ (iv) विस्मयादिबोधक ☐

(ग) विराम-चिह्नों का प्रयोग कहाँ होता है?

(i) मौखिक भाषा में ☐ (ii) लिखित भाषा में ☐

(iii) बोलने में ☐ (iv) भाषण में ☐

(घ) चिह्न को क्या कहते हैं?

(i) पूर्णविराम ☐ (ii) अर्द्धविराम ☐

(iii) अल्पविराम ☐ (iv) कोष्ठक ☐

(ङ) मैंने प्रेमचंद का 'गोदान' उपन्यास पढ़ा है। प्रस्तुत वाक्य में विराम चिह्न है

(i) विवरण ☐ (ii) कोष्ठक ☐

(iii) उद्धरण ☐ (iv) अल्पविराम ☐

2 नीचे दिए गए वाक्यों में से किसमें विराम-चिह्न का सही प्रयोग हुआ है?

(क) (i) रोहन, तुम यहीं ठहरो। ☐ (ii) रोहन तुम यहीं ठहरो। ☐

(iii) 'रोहन तुम यहीं ठहरो।' ☐ (iv) रोहन तुम, यहीं ठहरो। ☐

(ख) (i) वाह, आप यहाँ कैसे पधारे। ☐ (ii) वाह, आप यहाँ कैसे पधारे? ☐

(iii) वाह! आप यहाँ कैसे पधारे? ☐ (iv) वहा! आप यहाँ कैसे पधारे। ☐

(ग) (i) जो बड़े हैं उन्हें सम्मान दो। ☐ (ii) जो, बड़े हैं उन्हें सम्मान दो। ☐

(iii) जो बड़े हैं उन्हें, सम्मान दो। ☐ (iv) जो बड़े हैं, उन्हें सम्मान दो। ☐

(घ) (i) उसने एम-ए. की परीक्षा उत्तीर्ण कर ली। ☐ (ii) उसने एम.ए., की परीक्षा उत्तीर्ण कर ली। ☐
(iii) उसने एम.ए. की परीक्षा उत्तीर्ण कर ली। ☐ (iv) उसने-एम.ए. की परीक्षा उत्तीर्ण कर ली। ☐

3 **निम्नलिखित चिह्नों के सामने उनके नाम लिखिए।**

विराम-चिह्न	विराम-चिह्न का नाम
(क) ?	____________
(ख) !	____________
(ग) “ ”	____________
(घ) :-	____________
(ङ) ;	____________
(च) —	____________

4 **निम्नलिखित वाक्यों में विराम-चिह्न लगाकर पुनः लिखिए।**

(क) मुनेश पाठ पढ़ता है ____________

(ख) रमा शमा निशा और पिता बाज़ार गए। ____________

(ग) वाह कितना सुंदर फूल है। ____________

(घ) श्याम ने कहा मैं कानपुर जा रहा हूँ ____________

(ङ) रामचरितमानस किसने लिखा है ____________

5 **निम्नलिखित विराम चिह्न का उनके सही नाम से मिलान कीजिए।**

(क) , (i) लाघव

(ख) - (ii) हंसपद

(ग) ० (iii) अल्प विराम

(घ) ^ (iv) पूर्ण विराम

(ङ) । (v) योजक

अध्याय 18

पद-परिचय एवं पदबंध

1 **निम्नलिखित प्रश्नों के सही विकल्प को चुनकर लिखिए।**

(क) 'यह लड़की बहुत <u>होशियार</u> है।' वाक्य में रेखांकित शब्द क्या है?

(i) संज्ञा ☐ (ii) विशेषण ☐

(iii) क्रिया ☐ (iv) सर्वनाम ☐

(ख) 'रोहन ने राहुल को <u>मारा</u>।' वाक्य में रेखांकित शब्द है।

(i) विशेषण ☐ (ii) क्रिया ☐

(iii) निपात ☐ (iv) योजक ☐

(ग) 'मोहन धीरे-धीरे चलकर थक गया।' प्रस्तुत वाक्य में कौन-सा पदबंध है?

(i) संज्ञा ☐ (ii) विशेषण ☐

(iii) क्रिया-विशेषण ☐ (iv) सर्वनाम ☐

(घ) <u>वह</u> एक प्रसिद्ध लेखक भी हैं। वाक्य में रेखांकित शब्द है।

(i) क्रिया ☐ (ii) सर्वनाम ☐

(iii) संज्ञा ☐ (iv) विशेषण ☐

(ङ) वह साहसी <u>युवक</u> है। प्रस्तुत वाक्य में रेखांकित शब्द है।

(i) क्रिया विशेषण ☐ (ii) विशेषण ☐

(iii) संज्ञा ☐ (iv) क्रिया ☐

2 **निम्नलिखित सही पद-परिचय के सामने सही (✓) और गलत के सामने गलत (✕) का चिह्न लगाइए।**

(क) रमेश स्कूल जाता है।

(i) रमेश—व्यक्तिवाचक संज्ञा, एकवचन, पुल्लिंग, कर्ताकारक, 'जाता है' क्रिया का कर्ता। ☐

(ii) स्कूल—जातिवाचक संज्ञा, पुल्लिंग, एकवचन, कर्मकारक, 'जाता है' क्रिया का कर्म। ☐

(iii) जाता है—अकर्मक क्रिया, कर्मवाच्य, भूतकाल, बहुवचन, रमेश कर्ता की क्रिया। ☐

(ख) वह क्या खाता है?

(i) वह—पुरुषवाचक सर्वनाम, एकवचन, पुल्लिग, कर्ताकारक 'खाता है' क्रिया का कर्ता। ☐

(ii) क्या—प्रश्नवाचक सर्वनाम, पुल्लिग, एकवचन, कर्मकारक 'खाता है' क्रिया का कर्म। ☐

(iii) खाता है—सकर्मक क्रिया, कर्मवाच्य, वर्तमान काल, स्त्रीलिंग, एकवचन, वह कर्ता की क्रिया। ☐

3 निम्नलिखित शब्दों का पद परिचय दीजिए।

(क) पुस्तक ____________________

(ख) तेज़ ____________________

(ग) भारत ____________________

(घ) मधुर ____________________

(ङ) सातवीं ____________________

4 निम्नलिखित वाक्यों में रेखांकित शब्द का पद-परिचय दीजिए।

(क) <u>मोहन</u> <u>एक</u> <u>अच्छा</u> <u>लड़का</u> है। ____________________

(ख) <u>गीता</u> <u>नवीं</u> <u>कक्षा</u> में <u>पढ़ती</u> है। ____________________

(ग) <u>हम</u> <u>बनारस</u> घूमने गए। ____________________

(घ) वह <u>पढ़ता</u> है। ____________________

(ङ) <u>मेरा</u> <u>सामान</u> <u>अलमारी</u> में रखा है। ____________________

5 निम्नलिखित वाक्यों में से संज्ञा पदबंध छाँटकर लिखिए।

(क) दौड़ते हुए छात्रों में से एक छात्र गिर गया। ____________________

(ख) झूठ बोलने वाले लोग बेइमान होते हैं। ____________________

(ग) मकान के पीछे खड़ा पेड़ गिर गया। ____________________

(घ) अयोध्या के राजा दशरथ के चार पुत्र थे। ____________________

(ङ) परिश्रम करने वाले छात्र अवश्य उत्तीर्ण होंगे। ____________________

6 **निम्नलिखित वाक्यों में से विशेषण पदबंध छाँटकर लिखिए।**

(क) शेर की तरह दहाड़ने वाला वह आज चुप हो गया। ____________

(ख) वह बहुत सुंदर चित्र बनाता है। ____________

(ग) सड़ा हुआ आम उठाकर फेंक दो। ____________

(घ) इस ऊँचे और विशाल बरगद के पेड़ को देखो। ____________

(ङ) सफ़ेद रंग का कबूतर पकड़ लो। ____________

7 **निम्नलिखित वाक्यों में से सर्वनाम पदबंध छाँटकर लिखिए।**

(क) तकदीर का मारा वह अब कहाँ जाए? ____________

(ख) आपके साथियों में से कोई वक्त पर नहीं पहुँचा। ____________

(ग) हम उन्हें नहीं जानते हैं। ____________

(घ) अपने पिताजी की आज्ञा का पालन करो। ____________

(ङ) कुत्ते को देखकर भागने वाले तुम बहुत डरपोक हो। ____________

(च) उन्होंने रावण का वध किया। ____________

8 **निम्नलिखित वाक्यों में से क्रिया पदबंध छाँटकर लिखिए।**

(क) वह खाकर सो रहा है। ____________

(ख) गायिका गीत गा रही है। ____________

(ग) पक्षी आसमान में उड़ रहे हैं। ____________

(घ) सोहन कुर्सी पर बैठा है। ____________

(ङ) मैं निबंध लिखता हूँ। ____________

9 **निम्नलिखित वाक्यों में रेखांकित पदबंध का उचित भेद लिखिए।**

(क) सुबह-सुबह दौड़ना अच्छा होता है। ____________

(ख) मैं यह लिख सकता हूँ। ____________

(ग) वह ज़ोर-ज़ोर से रोने लगा। ____________

(घ) निर्धन व्यक्ति कठोर परिश्रम कर रहा है। ____________

(ङ) ईमानदार लोग सच्चे भी होते हैं। ____________

(अध्याय 19)

शब्द भंडार

पर्यायवाची शब्द

1 निम्नलिखित प्रश्नों के सही विकल्प को चुनकर लिखिए।

(क) 'पवन' शब्द का पर्यायवाची शब्द है।

(i) मिलना ☐ (ii) पूजना ☐
(iii) समीर ☐ (iv) आदर ☐

(ख) निम्नलिखित में पर्यायवाची शब्द का सही विकल्प है।

(i) उल्टा, सीधा ☐ (ii) वसन, कपड़ा ☐
(iii) पवित्र, अपवित्र ☐ (iv) ज़हर, अमृत ☐

(ग) 'मंदिर' शब्द का पर्यायवाची कौन-सा नहीं है?

(i) देवालय ☐ (ii) ईशग्रह ☐
(iii) देवग्रह ☐ (iv) कानन ☐

(घ) दिन शब्द का कौन-सा पर्यावाची शब्द नहीं है?

(i) दिन ☐ (ii) वार ☐
(iii) दीन ☐ (iv) बासर ☐

(ङ) <u>शेर</u> खूँखार जानवर है। रेखांकित शब्द का पर्यायवाची शब्द है।

(i) चीता ☐ (ii) केशरी ☐
(iii) शावक ☐ (iv) नृसिंह ☐

2 **निम्नलिखित शब्दों को उनके पर्यायवाची शब्द के साथ रेखा खींचकर जोड़िए।**

शब्द	पर्यायवाची
(क) चक्षु	(i) पक्षी
(ख) इच्छा	(ii) चीर
(ग) वस्त्र	(iii) आँख
(घ) खग	(iv) अभिलाषा
(ङ) साँप	(v) दूध
(च) निशा	(vi) सर्प
(छ) दुग्ध	(vii) रात

3 **नीचे दिए गए शब्दों के तीन-तीन पर्यायवाची लिखिए।**

(क) अग्नि ______ ______ ______

(ख) जल ______ ______ ______

(ग) ज्योति ______ ______ ______

(घ) नारी ______ ______ ______

(ङ) पेड़ ______ ______ ______

4 **निम्नलिखित वाक्यों में सही के सामने सही (✓) और गलत के सामने गलत (✗) का चिह्न लगाइए।**

(क) समुद्र का पर्यायवाची रत्नाकर है। ☐

(ख) हाथ का पर्यायवाची हथीनी है। ☐

(ग) पुष्प का पर्यायवाची कुसुम है। ☐

(घ) सेवक का पर्यायवाची राजा है। ☐

(ङ) कमल का पर्यायवाची पंकज है। ☐

विलोम शब्द

1 **निम्नलिखित शब्दों के विलोम शब्द लिखिए।**

(क) मानव ______

(ख) एकता ______

(ग) उधार ______

(घ) आय ______

(ङ) मंगल ______

2 निम्नलिखित वाक्यों में रिक्त स्थान की पूर्ति रेखांकित शब्द के विलोम से कीजिए।

(क) आपके लिए कोई पराया नहीं सभी ____________ हैं।

(ख) मेरे सभी मित्र हैं, ____________ कोई नहीं है।

(ग) हमें बुरा काम न करके ____________ काम करना चाहिए।

(घ) विज्ञान का यदि सही उपयोग न किया गया तो यह वरदान के बदले ____________ बन जाएगा।

(ङ) कटु वचन त्यागकर ____________ वचन अपनाने चाहिए।

अनेक शब्दों या वाक्यांशों के लिए एक शब्द

1 नीचे दिए गए वाक्यांशों और उनके लिए प्रयुक्त शब्दों के जोड़े मिलाइए।

(क) जिसे क्षमा न किया जा सके	(i) सच्चरित्र
(ख) अच्छे चरित्र वाला	(ii) त्रिवेणी
(ग) जो बात अचानक हो	(iii) ईर्ष्यालु
(घ) तीन नदियों की धारा	(iv) अक्षम्य
(ङ) काम से जी चुराने वाला	(v) गणितज्ञ
(च) ईर्ष्या करने वाला	(vi) अकस्मात्
(छ) गणित को जानने वाला	(vii) कामचोर

2 नीचे लिखे गए वाक्यांशों के लिए एक शब्द लिखिए।

(क) जानने की इच्छा ____________

(ख) जिसे शाप दिया गया हो ____________

(ग) आम का बाग ____________

(घ) जीने की उत्कट इच्छा ____________

(ङ) जिसकी कल्पना न की जा सके ____________

3 निम्नलिखित वाक्यों को रेखांकित अंश के आधार पर एक शब्द का प्रयोग करके वाक्यों को पुनः लिखिए।

(क) इस कम उम्र वाले बालक की गवाही नहीं मानी जाएगी।

(ख) यह समाचार सप्ताह में एक बार छपने वाला है।

(ग) पश्चिम से संबंध रखने वाली सभ्यता का अंधानुकरण मत करो।

(घ) क्षण भर में नष्ट हो जाने वाले यौवन पर घमंड मत कीजिए।

(ङ) ऋषि-मुनि दूसरों की भलाई करने वाले होते हैं।

अनेकार्थी शब्द

1 नीचे दिए गए अनेकार्थी शब्द में जो शब्द मेल नहीं खाते उन्हें छाँटकर लिखिए

(क) फल

(i) परिणाम (ii) चतुर (iii) लाभ

(ख) जीवन

(i) कर्तव्य (ii) जिंदगी (iii) प्राण

(ग) उत्तर

(i) उत्तर दिशा (ii) बाद में (iii) प्रश्न

(घ) पास

(i) निर्भीक (ii) निकट (iii) उत्तीर्ण

(ङ) गुरु

(i) शिक्षक (ii) माता-पिता (iii) शिष्य

2 उस विकल्प को उत्तर के रूप में चुनिए जो दिए गए अनेकार्थी शब्द का अर्थ नहीं है।

(क) घन

(i) बादल ☐ (ii) भारी हथौड़ा ☐
(iii) घना ☐ (iv) कठोर ☐

(ख) कनक

(i) सोना ☐ (ii) धतूरा ☐
(iii) गहना ☐ (iv) गेहूँ ☐

(ग) सारंग

(i) आकाश ☐ (ii) साँप ☐
(iii) बादल ☐ (iv) कामदेव ☐

(घ) वर्ण

(i) जाति ☐ (ii) ब्राह्मण ☐
(iii) रंग ☐ (iv) अक्षर ☐

(ङ) कुल

(i) परिवार ☐ (ii) सारा ☐
(iii) गठन ☐ (iv) संसार ☐

3 निम्नलिखित अनेकार्थक शब्दों के एक से अधिक अर्थ लिखिए।

(क) अंक ______________ (ख) आम ______________

(ग) लक्ष्य ______________ (घ) कर ______________

(ङ) पत्र ______________

समश्रुति भिन्नार्थक शब्द

1 निम्नलिखित शब्द-युग्मों को वाक्यों में इस प्रकार प्रयोग कीजिए कि उनके अर्थों का अंतर स्पष्ट हो जाए।

(क) गृह-ग्रह

____

____

(ख) खाद-खाद्य

____

____

(ग) समान-सामान

____

____

(घ) दीन-दिन

____

____

(ङ) कर्ता-करता

____

____

2 नीचे कुछ भिन्नार्थक शब्द दिए गए हैं पर इनके अर्थ आपस में मिल-जुल गए हैं। आप सही छाँटकर उनके सामने लिखिए।

समश्रुति भिन्नार्थक शब्द	अर्थ
(क) खेचर	__________
खच्चर	__________
(ख) हय	__________
हिय	__________
(ग) बात	__________
वात	__________
(घ) मूल	__________
मूल्य	__________
(ङ) प्रमाण	__________
प्रणाम	__________

(च) नग __________

नाग __________

(छ) जलज __________

जलद __________

(ज) छात्र __________

छत्र __________

(झ) चिर __________

चीर __________

(ञ) धरा __________

धारा __________

घोड़ा
पृथ्वी
विद्यार्थी
सबूत
हृदय
बातचीत
पानी का तेज़ बहाव
बादल
छाता
पक्षी
दाम
पर्वत
जड़
कमल
हवा
गधे की एक प्रजाति
वस्त्र
विलंब
सर्प
नमस्ते

एकार्थक प्रतीत होने वाले शब्द

1 निम्नलिखित एकार्थक शब्दों का उनके अर्थ से मिलान कीजिए।

शब्द		अर्थ
(क) अटल		(i) घमंड
(ख) आवश्यक		(ii) किसी वस्तु को पाने की चाह
(ग) अहंकार		(iii) जिसके साथ विवाह हुआ हो
(घ) गर्व		(iv) नारी
(ङ) इच्छा		(v) जिसे टाला न जा सके
(च) लोभ		(vi) मान होना (गुण)
(छ) स्त्री		(vii) ज़रूरी
(ज) पत्नी		(viii) दूसरे की चीज़ पाने की चाह
(झ) सहयोग		(ix) एक पक्ष से मदद
(ञ) सहायता		(x) दोनों पक्षों से मदद

2 वाक्य के रिक्त स्थानों में उचित अर्थ समझकर भरिए।

(क) गदा नामक __________ से भीम ने दुर्योधन का काम तमाम कर दिया। (अस्त्र/शस्त्र)

(ख) हरिद्वार को __________ स्थान माना जाता है। (पावन/स्वच्छ)

(ग) हर्ष प्रतिवर्ष गरीबों को वस्त्र और अन्न __________ देता था। (अर्पण/दान)

(घ) किसान बड़े __________ से अनाज उपजाते हैं। (परिश्रम/श्रम)

(ङ) यात्री पेड़ की __________ में आराम करने लगा। (छाया/परछाई)

(अध्याय 20)

मुहावरे एवं लोकोक्तियाँ

मुहावरे

1 निम्नलिखित प्रश्नों के सही विकल्प को चुनकर लिखिए।

(क) उन्नीस-बीस होना

(i) अत्यधिक अंतर होना ☐ (ii) एक का दूसरे से कुछ अच्छा होना ☐

(iii) पक्षपात करना ☐ (iv) अधिक भयभीत होना ☐

(ख) आँखें नीची होना

(i) गर्व का अनुभव करना ☐ (ii) अत्यंत प्रसन्न होना ☐

(iii) लज्जित होना ☐ (iv) दु:खी होना ☐

(ग) कीचड़ उछालना

(i) होशियार हो जाना ☐ (ii) पराजित करना ☐

(iii) क्रोध करना ☐ (iv) बदनाम करना ☐

(घ) जान में जान आना

(i) चैन मिलना ☐ (ii) जीवित हो जाना ☐

(iii) ख्याति होना ☐ (iv) साहस दिखाना ☐

(ङ) पैरों पर खड़ा होना

(i) शर्मसार होना ☐ (ii) स्वावलंबी होना ☐

(iii) अपमानित होना ☐ (iv) लज्जित होना ☐

2 नीचे 'क' वर्ग में मुहावरे दिए हैं, 'ख' वर्ग में उनका अर्थ दिया है। सही मिलान कीजिए।

'क' वर्ग	'ख' वर्ग
(क) नानी याद आना	(i) बहुत प्यारा
(ख) पेट में चूहे कूदना	(ii) खुशी मनाना
(ग) मुँह में पानी भर आना	(iii) कटु बोलना
(घ) आग उगलना	(iv) आश्चर्य होना
(ङ) दाँतों तले अँगुली दबाना	(v) मन ललचाना
(च) घी के दिये जलाना	(vi) भूख लगना
(छ) गले का हार	(vii) होश ठिकाने आना

3 निम्नलिखित वाक्यों में रिक्त स्थानों की पूर्ति उचित मुहावरे से कीजिए।

(क) जब मोहन कक्षा में प्रथम आया तो उसका __________ हो रहा था।

(ख) अधिक काम करने के कारण मज़दूर का __________ हो गया है।

(ग) प्रत्येक बच्चा अपने माँ-बाप की __________ होता है।

(घ) कठिन प्रश्न को देखकर छात्र की __________।

(ङ) श्रवण कुमार अपने माँ-बाप की __________ था।

4 निम्नलिखित मुहावरों का अर्थ लिखकर वाक्य में प्रयोग कीजिए।

मुहावरा	अर्थ	वाक्य प्रयोग
(क) हाथ मलते रह जाना	__________	__________
(ख) छक्के छुड़ाना	__________	__________
(ग) सिर पर भूत सवार होना	__________	__________
(घ) अगर-मगर करना	__________	__________
(ङ) दबे पाँव आना	__________	__________

लोकोक्तियाँ

1 निम्नलिखित प्रश्नों के सही विकल्प को चुनकर लिखिए।

(क) इधर कुआँ उधर खाई

(i) किसी प्रकार का लाभ न होना ☐ (ii) अचानक विपत्ति आ जाना ☐

(iii) हर तरफ़ मुसीबत ☐ (iv) अपनी बात पर पलट जाना ☐

(ख) एक मुँह दो बात

(i) अपनी बात से पलट जाना ☐ (ii) सब एक जैसे हैं ☐

(iii) एक साथ दो बातें ☐ (iv) एक उपाय से दो कार्य ☐

(ग) आदमी पानी का बुलबुला है

(i) आदमी बुलबुले के समान है ☐ (ii) मनुष्य जीवन नाशवान है ☐

(iii) आदमी पानी की भाँति है ☐ (iv) मनुष्य जीवन अनश्वर है ☐

(घ) एक म्यान में दो तलवार

(i) विपरीत स्थिति ☐ (ii) बेमेल स्थिति ☐

(iii) एक साथ दो लाभ ☐ (iv) एक स्थान पर दो उग्र विचार वाले ☐

(ङ) न रहेगा बाँस, न बजेगी बाँसुरी

(i) दुविधा में पड़ना ☐ (ii) बोलना कुछ करना कुछ ☐

(iii) झगड़े के कारण को नष्ट करना ☐ (iv) अधिक मज़ाक बुरा ☐

2 **'क' वर्ग में लोकोक्तियाँ दी गई हैं और 'ख' वर्ग में उनके अर्थ दिए गए हैं। उचित मिलान कीजिए।**

'क' वर्ग	'ख' वर्ग
(क) अंत भला तो सब भला	(i) पाप करने वाला डरता रहता है।
(ख) अपना हाथ जगन्नाथ	(ii) ओच्छा व्यक्ति सदा दिखावा करता है।
(ग) चोर के पैर नहीं होते	(iii) खुद ही अपने लिए मुसीबत खड़ी करना।
(घ) थोथा चना बाजे घना	(iv) परिश्रम में शक्ति होती है।
(ङ) आ बैल मुझे मार	(v) अंतिम परिणाम अच्छा होता है।

3 **निम्नलिखित वाक्यों में सही के सामने सही (✓) और गलत के सामने गलत (✕) का चिह्न लगाइए।**

(क) इस घर में सभी की अपनी-अपनी राय रहती है, इसे कहते हैं अपनी-अपनी ढपली अपना-अपना राग। ☐

(ख) सेठ रामलाल को देखो! इतना धन होने पर भी फटे हाल रहते हैं इसे कहते हैं आँख का अंधा। ☐

(ग) सोहन को अख़बार क्यों दिखा रहे हो उसके लिए तो काला अक्षर भैंस बराबर है। ☐

(घ) संपत्ति के बँटवारे को लेकर उसके लिए भाई आँख का प्रिय हो गया। ☐

(ङ) मोहन की कही हुई बात पत्थर की लकीर है। ☐

4 **निम्नलिखित वाक्यांशों के लिए उचित लोकोक्तियाँ लिखिए।**

(क) एक कार्य से दोहरा लाभ ____________________

(ख) रुपया ही सब कुछ है ____________________

(ग) सबका अलग मत ____________________

(घ) उपकार करके उसे जताना नहीं चाहिए ____________________

(ङ) प्रत्यक्ष को प्रमाण की आवश्यकता नहीं ____________________

[अध्याय 1]

अनुच्छेद-लेखन

अनुच्छेद-लेखन का प्रारूप

☑ *दिए गए संकेत बिंदुओं के आधार पर अनुच्छेद-लिखना।*

संकेत-बिंदु

- वनों की उपयोगिता
- वनों से लाभ
- वन सच्चे हितकारी

① विषय

वनों की महत्ता

② प्रस्तावना

वन प्रकृति द्वारा मनुष्य को दिए गए उपहारों में सर्वोत्तम एवं अमूल्य हैं। वन मनुष्यता का विभिन्न रूपों में कल्याण करते हैं। पेड़-पौधे उन संतों की भाँति हैं, जो दूसरों के लिए जीते और मरते हैं।

③ विषय-वस्तु

वनों से मनुष्य को प्रत्यक्ष और अप्रत्यक्ष दोनों ही रूपों में लाभ मिलता है। वन से जलाने हेतु लकड़ी और चारा मिलता है। फ़र्नीचर बनाने के लिए लकड़ी, फल-फूल, शहद, लाख, गोंद, औषधियाँ भी वनों से ही प्राप्त होती हैं। वन पक्षियों और जंगली जानवरों के अतिरिक्त मनुष्यों को भी आश्रय देते हैं। कुछ राज्यों में आदिवासी इन्हीं वनों से अपनी रोज़ी-रोटी चलाते हैं। वनों से अप्रत्यक्ष लाभ भी कम नहीं है। वन प्राणियों को साँस लेने के लिए शुद्ध वायु देते हैं। वे हमारे द्वारा छोड़ी गई कार्बन डाइ-ऑक्साइड और फैक्ट्रियों द्वारा छोड़ी गई विषैली वायु को शुद्ध करते हैं, जिससे यह पृथ्वी रहने योग्य बनी हुई है। वन वर्षा लाने में सहायक हैं तथा बाढ़ रोकते हैं।

④ उपसंहार

इस तरह वन हमारे सच्चे हितकारी हैं। ये मनुष्य के लिए हरा सोना हैं। वृक्षारोपण के कार्यक्रमों को प्रोत्साहन दिया जाना चाहिए, जिसमें लोगों को वनों से होने वाले लाभ से अवगत कराकर अधिक से अधिक वृक्ष लगाने के लिए प्रेरित करना चाहिए।

अभ्यास प्रश्न

निम्नलिखित विषयों पर 100-120 शब्दों में अनुच्छेद लिखिए।

1 परोपकार

2 मेरे जीवन का लक्ष्य

3 मित्रता

4 वर्षा ऋतु

5 अनुशासन

निम्नलिखित विषयों पर संकेत बिंदुओं के आधार पर अनुच्छेद लिखिए।

1 महात्मा गांधी

- महापुरुष
- जन्म व शिक्षा
- धर्म विचारक
- उच्च विचार एवं कर्मयोगी

2 पुस्तकों का महत्त्व

- ज्ञान का भंडार
- ज्ञान को अगली पीढ़ी तक ले जाने में सहायक
- समय का सदुपयोग
- छात्र-छात्राओं के लिए विशेष उपयोगी

3 महानगरों में यातायात व्यवस्था

- यातायात के विभिन्न साधन
- नागरिकों को होने वाली असुविधा
- निजी वाहनों की अधिकता
- यातायात व्यवस्था में सुधार हेतु उपाय

4 मेरा प्रिय धार्मिक पर्व

- पर्वों का महत्त्व
- मनाए जाने का समय एवं तरीका
- पर्व में निहित संदेश
- पर्व सामाजिक एकता बढ़ाने में सहायक

5 मेरा प्रिय खेल

- खेलों का महत्त्व
- मेरा प्रिय खेल
- खेल के नियम
- खेल को बढ़ावा देने का प्रयास

निम्नलिखित पंक्तियों में शीर्षक पहचानकर 100-120 शब्दों में अनुच्छेद लिखिए।

1 कंप्यूटर ने संचार की दुनिया में क्रांति पैदा कर दी है। इससे मनुष्य की सुविधाओं का विस्तार हुआ है। इन तथ्यों को ध्यान में रखकर अनुच्छेद लिखिए।

2 आज जिधर देखो, उधर ही विज्ञापन का बोलबाला है। इससे वस्तुओं की बिक्री तो बढ़ी है, परंतु यह लोगों की जेब पर भारी पड़ रहा है। इसे ध्यान में रखकर अनुच्छेद लिखिए।

3 भारत में अनेक धर्म, जाति एवं भाषाएँ हैं। राष्ट्र को आंतरिक तथा बाहरी सुरक्षा प्रदान करने के लिए राष्ट्रीय एकता अत्यंत आवश्यक है। इन तथ्यों को ध्यान में रखकर अनुच्छेद लिखिए।

4 आजकल जंक-फूड का प्रचार प्रतिदिन बढ़ रहा है। युवा वर्ग में इसके प्रति दीवानगी देखते ही बनती है। जंक-फूड हमारे स्वास्थ्य के लिए घातक होते हैं। इन तथ्यों को ध्यान में रखकर अनुच्छेद लिखिए।

(अध्याय 2)

निबंध-लेखन

निबंध-लेखन का प्रारूप

दिए गए संकेत बिंदुओं के आधार पर निबंध लेखन।

संकेत-बिंदु

- ऋतुओं का वर्णन
- ऋतुराज वसंत का वर्णन
- वसंत ऋतु का महत्त्व

① विषय

वसंत ऋतु

② प्रस्तावना

प्रकृति ने हमारे देश को ऋतुओं का अनूठा वरदान दिया है। यहाँ छः ऋतुएँ पाई जाती हैं–ग्रीष्म, वर्षा, शरद, शिशिर, हेमंत और वसंत। इनमें वसंत सबसे सुंदर और प्रिय ऋतु है, इसीलिए वसंत को ऋतुराज कहा जाता है। वसंत ऋतु का आगमन हेमंत ऋतु के बाद होता है। इस ऋतु में चारों ओर प्राकृतिक सौंदर्य अपने चरम पर दिखाई देता है।

③ विषय-वस्तु या मुख्य सामग्री

वसंत को कामदेव का पुत्र भी कहा जाता है। इसके स्वागत के लिए प्रकृति भी उत्सुक दिखाई देती है। पेड़-पौधे अपने पुराने पत्तों को त्यागकर कोमल हरे-लाल पत्ते रूपी नए वस्त्र धारण कर लेते हैं। लताओं पर कलियाँ और फूल आ जाते हैं। सर्वत्र हरियाली देखने को मिलती है। कलियों और फूलों के आस-पास भौरों का गुंजार मनमोहक लगता है। रंग-बिरंगी तितलियाँ एक स्थान से दूसरे स्थान पर उड़ती-फिरती हैं, ऐसा सुंदर दृश्य और मादक वातावरण देखकर सारे प्राणी प्रसन्न हो जाते हैं। भारतेंदु जी का कवि मन उत्साहित और उल्लासित होकर कह उठता है

सखि आयो वसंत रितुन को कंत, चहुँ दिसि फूलि रही सरसों।
शीतल मंद सुगंध समीर सतावन हार भयो गर सों।
अब सुंदर सावरो नंद किशोर कहै हरिचंद गयो घर सों।
परसों को बिताय दियो बरसों परसों निज पाँय पिया परसों।।

वसंत ऋतु त्योहारों की ऋतु भी है। इसी ऋतु में वसंत पंचमी, होली, बैसाखी जैसे त्योहार मनाए जाते हैं।

④ उपसंहार

ऋतुराज वसंत का सौंदर्य जीवन को उल्लास और प्रेरणा से भर देता है। यह ऋतु हमें आलस्य त्यागकर प्रातः उठने, व्यायाम और भ्रमण करने तथा कुछ नया रचनात्मक कार्य करने की प्रेरणा देती है।

अभ्यास प्रश्न

नीचे दिए गए संकेत बिंदुओं के आधार पर 200–250 शब्दों में निबंध लिखिए।

1 मेरी अविस्मरणीय यात्रा

- यात्रा का स्थान
- यात्रा का समय और तैयारी
- यात्रा का सुखद अनुभव
- यात्रा अविस्मरणीय क्यों?

2 परिश्रम का महत्त्व

- प्रकृति से परिश्रम की सीख
- परिश्रम सफलता की कुंजी
- स्वास्थ्य के लिए आवश्यक
- परिश्रम के लाभ

3 सिनेमा के लाभ-हानि

- मनोरंजन की आवश्यकता
- सिनेमा की बढ़ती लोकप्रियता
- मनोरंजन का महत्त्वपूर्ण साधन-सिनेमा
- अच्छी फ़िल्में बनाने की आवश्यकता

4 दैनिक जीवन में विज्ञान

- विज्ञान से अभिप्राय
- जन-जीवन में इसका महत्त्व
- जीवन में क्रांतिकारी परिवर्तन
- स्वास्थ्य, चिकित्सा आदि में सुधार

5 मेरे विद्यालय का वार्षिकोत्सव

- तैयारी एवं साज-सज्जा
- वार्षिकोत्सव के विभिन्न कार्यक्रम
- पुरस्कार वितरण
- प्रेरणादायी बातें

6 समाचार–पत्रों की उपयोगिता

- समाचार–पत्रों की आवश्यकता
- मानव का जिज्ञासु स्वभाव
- समाचार–पत्र के लाभ
- समाचार–पत्र के प्रकार

नीचे दिए गए शीर्षकों पर 200-250 शब्दों में निबंध लिखिए।

1 हमारा राष्ट्रीय पर्व–गणतंत्र दिवस

2 समय का महत्त्व

3 खेलों का हमारे जीवन में महत्त्व

4 मन के हारे हार है, मन के जीते जीत

5 जल बचाओ जीवन बचाओ

6 आत्मनिर्भरता

नीचे दिए गए वाक्यों को ध्यानपूर्वक पढ़िए और उनमें छिपे शीर्षक को पहचानकर 200-250 शब्दों में निबंध लिखिए।

1 आपने दिल्ली के फिरोजशाह कोटला स्टेडियम में टी-20 क्रिकेट मैच देखा। इस मैच के दौरान हुए अनुभव पर एक निबंध लिखिए।

2 बढ़ती जनसंख्या के कारण हमारे देश में अनेक समस्याएँ पैदा हो गई हैं, जिसके फलस्वरूप जीवन कठिन होता जा रहा है। जनसंख्या वृद्धि हमारे देश की प्रगति में भी बाधक है। इसे रोकने के उपाय सुझाते हुए एक निबंध लिखिए।

3 आजकल विद्यालयों में छात्र अनुशासनहीनता बढ़ रही है। पाठ्यक्रम उतने उपयोगी नहीं रह गए हैं। आठवीं से अगली कक्षा में जाने के लिए पढ़ना आवश्यक नहीं रह गया है। यदि आप अपने राज्य के शिक्षा मंत्री होते तो शिक्षा व्यवस्था में क्या-क्या बदलाव करते? इन तथ्यों के आलोक में निबंध लिखिए।

4 हमारा देश स्वर्ग से सुंदर है। यह प्राचीन काल से ही ज्ञान-विज्ञान का केंद्र रहा है। यह प्राकृतिक संपदा से भरपूर है। यह हमें अपने प्राणों से भी प्रिय है। इन तथ्यों को ध्यान में रखते हुए निबंध लिखिए।

5 सच्चरित्रता से तात्पर्य-अच्छा चाल-चलन, अच्छा स्वभाव और अच्छे व्यवहार से है। व्यक्ति में ऐसे गुणों का होना आवश्यक है, जिनके द्वारा वह समाज में शांतिपूर्वक रहते हुए देश की प्रगति में अपना योगदान दे सके। इन तथ्यों को ध्यान में रखते हुए निबंध लिखिए।

पत्र-लेखन

औपचारिक पत्र का प्रारूप

गणित एवं विज्ञान की अतिरिक्त कक्षाएँ आयोजित कराने के संबंध में प्रधानाचार्य को प्रार्थना-पत्र।

(1) पत्र प्राप्त करने वाले का पता

सेवा में,
प्रधानाचार्य महोदय,
राजकीय वरिष्ठ माध्यमिक बाल विद्यालय,
लाजपत नगर,
दिल्ली।

(2) विषयोल्लेख पत्र की सामग्री

विषय अतिरिक्त कक्षाएँ आयोजित कराने के संबंध में।

(3) संबोधन

महोदय,

(4) विषय-वस्तु

सविनय निवेदन यह है कि मैं इस विद्यालय की आठवीं कक्षा का छात्र हूँ। हमारी वार्षिक परीक्षा संभवतः फरवरी के अंतिम सप्ताह में शुरू हो जाएँगी, किंतु अभी तक हमारा गणित और विज्ञान विषयों का पाठ्यक्रम पूरा नहीं हुआ है। हमारी कक्षा को पढ़ाने वाले इन विषयों के अध्यापकों की ड्यूटी चुनाव कार्य में लगाई गई है। हमें ज्ञात हुआ है कि चुनाव कार्य पूर्ण होने पर ही वे विद्यालय आएँगे। ऐसी स्थिति में हम छात्रों के प्रश्न-पत्र आधे-अधूरे ही हल हो सकेंगे।

(5) समापन

अतः हमारी आपसे प्रार्थना है कि गणित और विज्ञान का पाठ्यक्रम पूरा करवाने के लिए अतिरिक्त कक्षाओं के आयोजन की व्यवस्था की जाए। हम छात्र आपके सदैव आभारी रहेंगे।

(6) अभिनिवेदन

सधन्यवाद,

(7) स्व-विशेषण

आपका आज्ञाकारी शिष्य,

(8) नाम

वैभव

(9) कक्षा एवं अनुक्रमांक

आठवीं 'अ'
अनु.-37

(10) दिनांक

दिनांक 24 नवंबर 20XX

अभ्यास प्रश्न

1 अपने बड़े भाई के विवाह में शामिल होने के लिए तीन दिन के अवकाश हेतु विद्यालय के प्रधानाचार्य को प्रार्थना-पत्र लिखिए।

2 विद्यालय छोड़ने का प्रमाण-पत्र (SLC) प्राप्त करने हेतु प्रधानाचार्य को प्रार्थना-पत्र लिखिए।

3 आर्थिक सहायता पाने अथवा शुल्क माफ़ी हेतु अपने विद्यालय के प्रधानाचार्य को प्रार्थना-पत्र लिखिए।

4 विज्ञान की प्रयोगशाला में प्रयोग करते समय दो बीकर अचानक गिरकर आपसे टूट गए हैं। इसके लिए विज्ञान शिक्षिका ने आप पर ₹200 जुर्माना लगा दिया है। इसे माफ़ कराने के लिए प्रधानाचार्य को प्रार्थना-पत्र लिखिए।

5 विद्यालय में पीने के पानी की व्यवस्था कराने के लिए अपने प्रधानाचार्य को प्रार्थना-पत्र लिखिए।

6 आपके विद्यालय की वाटिका में पानी की कमी के कारण पौधे सूख रहे हैं। इस ओर ध्यान आकर्षित कराते हुए उद्यान विभाग के निरीक्षक को पत्र लिखिए।

8 आपके मोहल्ले का डाकिया पत्र वितरण में लापरवाही करता है। इसकी शिकायत करते हुए मुख्य डाकपाल, कश्मीरी गेट, दिल्ली को पत्र लिखिए।

9 बिजली के बार-बार गुल हो जाने और कई-कई घंटे तक बिजली न आने के कारण आपकी पढ़ाई में बाधा उत्पन्न हो रही है। इसकी शिकायत करते हुए अपने नगर के विद्युत अधिकारी को पत्र लिखिए।

अनौपचारिक-पत्र का प्रारूप

आपकी छोटी बहन ने राज्य स्तर पर निबंध प्रतियोगिता में प्रथम स्थान प्राप्त किया है। इस अवसर पर उसे शुभकामना देते हुए पत्र लिखिए।

(1) प्रेषक का पता → बी-24 शालीमार बाग,
दिल्ली।

(2) दिनांक → 20 जनवरी, 20XX

(3) संबोधन → प्रिय बहन,

(4) अभिवादन → शुभ आशीष।

(5) विषय-वस्तु → आज सुबह अख़बार में यह ख़बर पढ़कर अत्यंत प्रसन्नता हुई कि तुम राज्य स्तर पर निबंध प्रतियोगिता में प्रथम आई हो। यह हम सभी के लिए गर्व की बात है। यह ख़बर सुनकर माताजी और पिताजी कितने खुश हुए होंगे। मुझे विश्वास है कि तुम आगे भी अपनी सफलता इसी प्रकार बरकरार रखोगी। इस प्रतियोगिता की भाँति अपनी परीक्षाओं की भी तैयारी तुम मेहनत से करो एवं प्रथम स्थान प्राप्त करो। मेरी शुभकामना सदैव तुम्हारे साथ है।

मैं अगले महीने तुम्हारे जन्मदिन के अवसर पर तुम्हारे पास आने का प्रयास करूँगा। मेरी ओर से माताजी और पिताजी को प्रणाम कहना।

(6) स्वनिर्देश → तुम्हारा भाई,

(7) नाम/हस्ताक्षर → विवेक

अभ्यास प्रश्न

1 दिल्ली के दर्शनीय स्थलों का भ्रमण करने हेतु अपने मित्र को आमंत्रित करते हुए पत्र लिखिए।

2 कुसंगति से बचने तथा पढ़ाई पर ध्यान लगाने के लिए छोटे भाई को पत्र लिखिए।

3 प्रात:काल उठकर योग-व्यायाम करने तथा खेलों में नियमित रूप से भाग लेने के लिए अपने छोटे भाई को पत्र लिखिए।

4 मित्र की दादी के निधन पर शोक संवेदना प्रकट करते हुए अपने मित्र को पत्र लिखिए।

5 जंक-फूड से दूरी बनाने तथा स्वास्थ्य के प्रति सजग रहने की सलाह देते हुए अपनी छोटी बहन को पत्र लिखिए।

6 आप विवेकानंद छात्रावास, विकासनगर लखनऊ के छात्र हैं। अपने विद्यालय के छात्रावास तथा मेस में मिलने वाले भोजन की गुणवत्ता का उल्लेख करते हुए अपनी माताजी को पत्र लिखिए।

7 अपने मित्र को आधुनिकतम संचार के साधनों के लाभ बताते हुए पत्र लिखिए।

8 आपके विद्यालय से शैक्षिक भ्रमण हेतु टूर मध्य प्रदेश जा रहा है। इस टूर में शामिल होने की अनुमति एवं ₹ 1000 मँगवाने हेतु अपने पिताजी को पत्र लिखिए।

9 आपको इस बार अपने जन्मदिन पर नीम के दो पौधे उपहार में मिले। आपने उसी दिन इनको लगाया और देखभाल शुरू कर दी है। इसका उल्लेख करते हुए अपने मित्र को पत्र लिखिए।

10 परिश्रम का महत्त्व बताते हुए अपने छोटे भाई को पत्र लिखिए।

11 अपने विद्यालय के वार्षिकोत्सव का वर्णन करते हुए अपनी बड़ी बहन को पत्र लिखिए।

12 आपका मित्र परीक्षा में असफल हो गया है उसे सांत्वना देते हुए एक पत्र लिखिए।

(अध्याय 4)

संवाद-लेखन

संवाद-लेखन का प्रारूप

परीक्षा कक्ष से बाहर निकल रहे दो छात्रों के मध्य हुई बातचीत का संवाद-लेखन।

अमर अरे रमन! कैसी हुई तुम्हारी आज की परीक्षा?

रमन ठीक ही हुई। तुम बताओ, तुम्हारी कैसी हुई?

अमर मेरी परीक्षा तो बहुत अच्छी हुई। मैंने लगभग सभी प्रश्न हल कर लिए थे।

रमन क्या कहा! सभी प्रश्न, पर कैसे?

अमर मैंने कल सारा पाठ्यक्रम दोहरा लिया था और कठिन प्रश्नों का बार-बार अभ्यास किया था।

रमन पर समय की कमी के कारण मेरे तो तीन प्रश्न छूट गए। समझ में नहीं आ रहा कि मुझसे कहाँ कमी रह गई?

अमर ज़रूर तुमने अभ्यास नहीं किया होगा और कठिन प्रश्नों पर तुमने ज़्यादा ध्यान नहीं दिया होगा।

रमन मैं तो समझता था कि प्रश्न-पत्र ही बहुत लंबा था।

अमर नहीं, क्योंकि मेरे पास 15 मिनट का समय दोहराने के लिए भी बचा था।

रमन अब मैं भी पाठ्यक्रम को अच्छी तरह दोहराऊँगा, ताकि मुझसे भी कोई प्रश्न न छूटे।

अमर चलो, अब घर चलकर अगली परीक्षा की तैयारी करें।

रमन हाँ अमर, ठीक है।

अभ्यास प्रश्न

निम्नलिखित विषयों पर 80-100 शब्दों में संवाद लिखिए

1 बस अड्डे से शिमला जाने वाली बस के बारे में पूछताछ कर रहे यात्री और कंडक्टर/बस चालक की बातचीत को संवाद के रूप में लिखिए।

2 महँगाई ने आम आदमी का जीना मुश्किल कर दिया है। महँगाई पर चर्चा कर रही दो महिलाओं की बातचीत को संवाद के रूप में लिखिए।

3 आप विज्ञान भवन में विज्ञान प्रदर्शनी देखकर आए हैं। इसी विषय पर आप और आपके मित्र के बीच हुई बातचीत को संवाद के रूप में लिखिए।

4 आप अपने मित्र के दादाजी को देखने अस्पताल गए। उन्हें खून की आवश्यकता थी। आपने घर आकर अपने पिताजी से रक्तदान के विषय में बातचीत की। उस बातचीत को संवाद के रूप में लिखिए।

5 आपका मित्र अजय दीपावली पर खूब पटाखे जलाना चाहता था। यह बात जब उसकी अध्यापिका को पता चली, तो उन्होंने उसे समझाया। अध्यापिका और अजय के मध्य हुई बातचीत को संवाद के रूप में लिखिए।

[अध्याय 5]

कहानी-लेखन

कहानी-लेखन का प्रारूप

☑ *'मानव की भूल' शीर्षक पर संक्षिप्त कहानी लिखते हुए उससे मिलने वाली शिक्षा का उल्लेख कीजिए।*

① विषय → **मानव की भूल**

② प्रस्तावना → दिल्ली के रमेश नगर मोहल्ले में मानव नाम का एक लड़का अपने माता-पिता के साथ रहता था। एक दिन बीमारी का बहाना बनाकर वह विद्यालय नहीं गया। माँ द्वारा पूछे जाने पर उसने कोई कारण भी नहीं बताया। माँ चिंतित होकर मानव के विद्यालय गईं।

③ विषय-वस्तु → वहाँ उन्होंने मानव के मित्रों और अध्यापकों से सारी बातें कहीं और मानव का बीमारी का बहाना बनाकार विद्यालय न आने का कारण पूछा। मित्रों और अध्यापकों ने जो कारण बताया उसे सुनकर मानव के माँ के होश उड़ गए। मानव की संगति बुरी हो गई थी। वह कई दिनों से विद्यालय न जाकर बुरे लड़कों के साथ इधर-उधर भटकता था। घर आकर माँ ने मानव को समझाया। उसे सत्संगति के महत्त्व के विषय में बताया। माँ के समझाने पर मानव को अपनी भूल समझ में आ गई। उसने अपनी माँ को वचन दिया कि वह भविष्य में कभी बुरे लड़कों के साथ नहीं रहेगा और अपनी पढ़ाई अच्छी तरह से करेगा। मानव ने परिश्रमपूर्वक पढ़ाई की और वह अपने वर्ग में प्रथम आया।

④ शिक्षा → सच ही कहा गया है–सुबह का भूला अगर शाम को घर आ जाए तो उसे भूला नहीं कहते।

अभ्यास प्रश्न

☑ *निम्नलिखित में से किसी एक शीर्षक पर संक्षिप्त कहानी लिखते हुए उससे मिलने वाली शिक्षा का उल्लेख कीजिए।*

1 दुष्ट को सीख

2 ईमानदारी अनमोल है

3 मूर्ख की मित्रता

नीचे दिए गए संकेत बिंदुओं के सहयोग से कहानी लिखिए।

1 किसी तालाब में एक बूढ़ा बगुला और अनेक जलचर

- एक दिन बगुले का बनावटी रोना
- जलचरों द्वारा कारण पूछना
- भयानक सूखा पड़ने पर जीव-जंतुओं के मरने की बात कहना
- जलचरों द्वारा अन्यंत्र चलने के लिए कहना
- मछलियों को ले जाना और खा जाना
- एक दिन केकड़े को ले जाना
- हड्डियों का ढेर देखकर बगुले की गरदन काट देना और तालाब पर लौट कर सारी बात बताना।

2 एक पेड़ के कोटर में तोते के दो नवजात बच्चे

- भयानक तूफ़ान के कारण पेड़ का गिरना और बच्चों का कोटर से बाहर आ गिरना
- हवा के वेग में उड़कर एक का संत के आश्रम में तथा दूसरे का डाकुओं के अड्डे पर गिरना
- कुछ दिन बाद दोनों को बहेलिये द्वारा पकड़कर राजा को बेचना
- सवेरे एक से 'लूटो-मारो' और दूसरे से 'राम-राम' सुनना
- राजा द्वारा पहले वाले तोते को मारने का प्रयास
- दूसरे तोते द्वारा राजा को सारी बात बताना और तोतों को आज़ाद कर दिया जाना

3 तालाब की ओर जाती सड़क पर दर्ज़ी की दुकान

- दर्ज़ी और हाथी में दोस्ती
- दर्ज़ी द्वारा हाथी को केले दिया जाना
- स्नानकर लौटते समय हाथी द्वारा फूल लाकर देना
- एक बार दुकान पर दर्ज़ी के लड़के का होना
- हाथी की सूँड़ में सूई चुभोना
- हाथी द्वारा गंदा पानी लाना और दुकान में पानी उड़ेल देना
- कपड़े खराब हो जाना

नीचे दिए गए चित्रों को ध्यानपूर्वक देखिए और घटनाक्रम का संयोजन कर कहानी लिखिए और उससे मिलने वाली शिक्षा का उल्लेख कीजिए।

1

2

(अध्याय 6)

दृश्य वर्णन

दृश्य वर्णन का प्रारूप

नीचे दिए गए चित्र को ध्यान से देखिए और अपनी कल्पना के आधार पर इसका वर्णन कीजिए।

① विषय → **पुस्तकालय का दृश्य**

② प्रस्तावना

प्रस्तुत चित्र पुस्तकालय के दृश्य को प्रदर्शित करता है, जहाँ अनेक विद्यार्थी पुस्तकालय में बैठकर अध्ययन करते हुए दर्शाए गए हैं, जिनमें कुछ महिलाएँ है तथा कुछ पुरुष हैं। पुस्तकालय में सभी विद्यार्थी तन्मयता से एकाग्रचित्त होकर पुस्तकें, अख़बार आदि को पढ़कर अपने ज्ञान में वृद्धि कर रहे हैं। वे पुस्तकालय में बैठकर विभिन्न पुस्तकों का अध्ययन कर रहे हैं। पुस्तकालय में कई अलमारियाँ रखी हैं जिनमें पुस्तकें रखी हुई हैं। कुछ विद्यार्थी बाहर खड़े होकर प्रतीक्षा कर रहे हैं।

③ विषय-वस्तु

प्राचीनकाल से पुस्तकों को संग्रह करके रखने की परंपरा रही है। विभिन्न वेदों का ज्ञान हमें पुस्तकों के संग्रहण के कारण ही संभव हो पाया है। पुस्तकें हमारे ज्ञान में वृद्धि करती हैं। पुस्तकालय में हमें सभी विषयों की पुस्तकें उपलब्ध हो जाती हैं। पुस्तकालय ज्ञान का भंडार है, जहाँ हज़ारों पुस्तकें उपलब्ध रहती हैं। जो लोग पुस्तकें खरीद पाने में असमर्थ होते हैं, उनके लिए पुस्तकालय वरदान है। शांत वातावरण में अच्छी पुस्तकें अज्ञान से ज्ञान की ओर ले जाती हैं। आज विद्यालयों, विश्वविद्यालयों के पुस्तकालय में इंटरनेट की सुविधा भी उपलब्ध होती है, जिससे किसी भी पुस्तक व लेखक की जानकारी सरलता से प्राप्त हो जाती है।

④ उपसंहार

पुस्तकालय के शांत वातावरण में विद्यार्थी आसानी से अपने नोट्स तैयार कर सकते हैं। पुस्तकालय ज्ञानार्जन का प्रमुख स्रोत है, इसलिए हमें शिक्षा को बढ़ावा देने के लिए पुस्तकालय विकसित करने की आवश्यकता है।

अभ्यास प्रश्न

नीचे दिए गए चित्रों को ध्यान से देखिए और अपनी कल्पना के आधार पर इसका 80-100 शब्दों में वर्णन कीजिए।

1 सड़क पर लगे जाम का दृश्य

2 बाढ़ का दृश्य

3 मतदान का दृश्य

4 हिमालय पर्वत और उससे निकलती नदियों का दृश्य

अपठित बोध गद्यांश

वर्कशीट 1

निर्देश *निम्नलिखित गद्यांश को ध्यानपूर्वक पढ़कर इस पर आधारित प्रश्नों के उत्तर दीजिए।*

गद्यांश 1

शिक्षित व्यक्ति ही अपने साथ-साथ दूसरों को भी प्रगति के अवसर प्रदान करता है। शिक्षा की उपयोगिता को समझते हुए भारत सरकार ने स्वतंत्रता प्राप्ति के बाद इस ओर काफ़ी ध्यान दिया। गाँव-गाँव में विद्यालय खोलने का लक्ष्य रखा गया। फिर भी वांछित प्रगति नहीं हो सकी, क्योंकि बहुत से लोग उस उम्र के दौर से निकल चुके थे, जो पढ़ने की उम्र होती है। इसलिए प्रौढ़-शिक्षा, सह-शिक्षा एवं अनौपचारिक शिक्षा केंद्र भी खोले गए, लेकिन अभी भी स्थिति उतनी अच्छी नहीं है जितनी होनी चाहिए। साक्षर होना मनुष्य के लिए अत्यधिक महत्त्वपर्ण है। जहाँ साक्षर व्यक्ति होंगे, बुद्धिजीवी होंगे, वहाँ के लोगों का अस्तित्व व्यापक होता जाएगा। समुचित शिक्षा के अभाव में स्वतंत्र चिंतन की क्षमता और बुद्धि कौशल का अभाव हो गया। इस कारण राष्ट्र के कल्याण के प्रति उदासीन होना स्वाभाविक ही था। देश साक्षर होकर ही प्रगति कर सकता है और हमारा भारत देश प्रगति के पथ पर धीरे-धीरे अग्रसर हो रहा है। संयुक्त राष्ट्र ने वैश्विक समुदाय को साक्षरता के प्रति जागरूक करने हेतु 'विश्व साक्षरता दिवस' की शुरूआत की थी। प्रत्येक वर्ष एक नए उद्देश्य के साथ विश्व साक्षरता दिवस मनाया जाता है, जो कि अंतर्राष्ट्रीय स्तर पर गौरव की बात है।

1 समाज में प्रगति के अवसर कौन प्रदान करता है?

2 भारत सरकार ने प्रौढ़-शिक्षा, सह-शिक्षा एवं अनौपचारिक शिक्षा केंद्र क्यों खोले?

3 'विश्व साक्षरता दिवस' को शुरू करने का क्या उद्देश्य था?

4 'स्वतंत्रता' शब्द में से उपसर्ग, मूलशब्द तथा प्रत्यय अलग करके लिखिए।

5 'साक्षर' शब्द का विपरीतार्थक शब्द क्या होगा?

गद्यांश 2

संपूर्ण विश्व आज जिस बड़ी समस्या से जूझ रहा है वह है—जलवायु परिवर्तन। जलवायु परिवर्तन आज एक ऐसी विश्वस्तरीय समस्या का रूप धारण कर चुका है, जिसके समाधान के लिए आज संपूर्ण विश्व-समाज को संयुक्त रूप से अंतर्राष्ट्रीय स्तर पर निरंतर प्रयास करने की आवश्यकता है। सामान्यत: मौसमी अभिवृत्तियों में किसी खास स्थान पर होने वाले विशिष्ट परिवर्तन को ही जलवायु परिवर्तन कहते हैं। वायुमंडल में स्वतंत्र रूप से उत्सर्जित ग्रीन हाउस गैसों के कारण जलवायु परिवर्तन जैसी गंभीर समस्या बन गई है। इसमें नाइट्रोजन ऑक्साइड, कार्बन डाइ-ऑक्साइड, कार्बन मोनो ऑक्साइड तथा मिथेन जैसी विषैली गैसें शामिल हैं, जो वायुमंडल में संकेंद्रित होकर इसके औसत तापमान में निरंतर बढ़ोतरी कर रही है। मौसम में अचानक परिवर्तन, वनस्पतियों की प्रजातियों का लुप्त हो जाना, तापमान में वृद्धि, समुद्र जल स्तर में लगातार वृद्धि ऐसे सूचक हैं, जिनसे जलवायु परिवर्तन के होने का पता चलता है। जलवायु परिवर्तन से निबटने के लिए वैश्विक स्तर पर अनेक प्रयास किए जाते रहे हैं, लेकिन विभिन्न देशों के बीच वैचारिक मतभेद के कारण जलवायु परिवर्तन संबंधित समस्याओं से निबटने के लिए आज तक कोई महत्त्वपूर्ण कदम नहीं उठाया जा सका है।

1 जलवायु परिवर्तन किसे कहते हैं?

2 जलवायु परिवर्तन होने के क्या-क्या लक्षण हैं?

3 उपर्युक्त गद्यांश का उचित शीर्षक बताते हुए मूल भाव अपने शब्दों में लिखिए।

4 'संयुक्त' शब्द में प्रयुक्त उपसर्ग व मूल शब्द कौन-सा है?

5 'समुद्र' के दो पर्यायावाची शब्द लिखिए।

वर्कशीट 2

निर्देश *निम्नलिखित गद्यांश को ध्यानपूर्वक पढ़कर इस पर आधारित प्रश्नों के उत्तर दीजिए।*

गद्यांश 1

बाल मज़दूरी से तात्पर्य ऐसी मज़दूरी से है, जिसके अंतर्गत 14 वर्ष तक के बच्चे किसी संस्थान में कार्य करते हैं। जिस आयु में उन बच्चों को शिक्षा मिलनी चाहिए, उस आयु में वे किसी दुकान, रेस्टोरेंट, पटाखे की फैक्ट्री, हीरे तराशने की फैक्ट्री, शीशे का सामान बनाने वाली फैक्ट्री आदि में काम करते हैं। भारत जैसे विकासशील देश में

बाल मज़दूरी के अनेक कारण हैं। अशिक्षित व्यक्ति शिक्षा का महत्त्व न समझ पाने के कारण अपने बच्चों को मज़दूरी करने के लिए भेज देते हैं। जनसंख्या वृद्धि बाल मज़दूरी का दूसरा सबसे बड़ा कारण है। निर्धन परिवार के सदस्य पेट भरने के लिए छोटे-छोटे बच्चों को काम पर भेज देते हैं। भारत में बाल मज़दूरी को गंभीरता से नहीं लिए जाने के कारण इसे प्रोत्साहन मिलता है। देश में कार्य कर रही सरकारी, गैर-सरकारी और निजी संस्थाओं की बाल मज़दूरी को दूर करने में गंभीर रुचि कम है। बाल मज़दूरी की समस्या का समाधान करने के लिए सरकार कड़े कानून बना सकती है। समाज के निर्धन वर्ग को शिक्षा प्रदान करके बाल मज़दूरी को प्रतिबंधित किया जा सकता है। जनसंख्या वृद्धि पर नियंत्रण पाकर बाल मज़दूरी पर भी नियंत्रण किया जा सकता है साथ ही ऐसी संस्थाओं को प्रोत्साहन दिया जाना चाहिए, जो बाल मज़दूरी का विरोध करती हैं या बाल मज़दूरी करने वाले बच्चों के लिए शिक्षा से जुड़े कार्यक्रम चलाती हैं।

1 बाल मज़दूरी से क्या अभिप्राय है?

2 बाल मज़दूरी के क्या-क्या कारण हैं?

3 बाल मज़दूरी पर नियंत्रण किस प्रकार पाया जा सकता है?

4 'निर्धन' शब्द का संधि-विच्छेद करके लिखिए।

5 'देश' शब्द के दो पर्यायवाची शब्द लिखिए।

गद्यांश 2

प्राचीनकाल में मानव को कपास और कपड़े के लिए कताई-बुनाई का ज्ञान नहीं था, इसलिए वह वृक्षों की छाल और पत्तों से अपने शरीर को ढक लेता था। वृक्षों की डाल पर, वृक्षों के नीचे या किसी पर्वत की ओट में सो जाता था। समय बीतने पर मानव ने अपनी सुरक्षा और सुविधा की बात पर विचार किया। एक दिन उसने अचानक दो पत्थरों के टकराने से आग की चिंगारी निकलते देखी। धीरे-धीरे आग का उपयोग वह जान गया। तब से वह मांस को भूनकर खाने लगा। धीरे-धीरे पत्थर के स्थान पर कांस्य और लोहे के हथियार बनने लगे, इसलिए इस युग को 'कांस्य-युग' कहते हैं। इसी युग में मानव ने खेती करना भी सीख लिया। कालांतर में पहिए का आविष्कार हुआ। वस्तुतः यह विश्व का सबसे महत्त्वपूर्ण आविष्कार था। इसी कारण मोटर, रेलगाड़ी, वायुयान तथा अनेक प्रकार की मशीनों का उपयोग शुरू हुआ। वर्तमान युग में हम जिन-जिन वस्तुओं का अपने दैनिक जीवन में प्रयोग कर रहे हैं वह अधिकतर प्राचीनकाल के मानव अर्थात् 'आदिमानव' की ही देन कहा जाना चाहिए। उन्हीं के प्रयास से हमें औज़ार, हथियार, पहिया, आदि वस्तुओं का ज्ञान प्राप्त हुआ था; जिसे आज हमने आधुनिक ढाँचे में रंग दिया है।

1 प्राचीन काल में मानव अपनी सुरक्षा व बचाव किस प्रकार करता था?

2 उपर्युक्त गद्यांश के आधार पर स्पष्ट कीजिए कि आग का आविष्कार कैसे हुआ?

3 पहिए के आविष्कार से सबसे बड़ा लाभ क्या हुआ?

4 'वृक्ष' के कोई दो पर्यायवाची शब्द लिखिए।

5 गद्यांश में 'सु' उपसर्ग से बने कोई दो शब्द लिखिए।

वर्कशीट 3

निर्देश *निम्नलिखित गद्यांश को ध्यानपूर्वक पढ़कर इस पर आधारित प्रश्नों के उत्तर दीजिए।*

गद्यांश 1

नैतिक शिक्षा व्यक्ति में सहज मानवीय गुणों को उजागर करने में निश्चय ही बहुत अधिक सहायक हो सकती है। वह संयम, अनुशासन, चारित्रिक दृढ़ता, निर्भरता, अटूटता आदि का संचार कर सकती है। नैतिक शिक्षा ही हमें यह सिखा सकती है कि जीवन और समाज में किस व्यक्ति का क्या स्थान और महत्त्व है। समाज में सामूहिक और वैयक्तिक स्तर पर कब, कहाँ हमारा आचरण व्यवहार कैसा रहना चाहिए। कहाँ हमें झुकना है और कहाँ मूल्य पर अड़ या डट जाना चाहिए।

यह एक नितांत सत्य है कि जीवन समाज, देश तथा राष्ट्र व्यक्तियों के आचरण और व्यवहार से बनता है। समाज में व्यक्ति अपने आचरण से ही पहचाना जाता है, साथ ही यह भी सत्य है कि व्यक्ति के सदाचार और व्यवहार का निर्माण उसकी प्रत्यक्ष-परोक्ष शिक्षा के द्वारा ही होता है। शिक्षा भी ऐसा तभी कर सकती है, जब उसके कुछ अपने नैतिक मान और मूल्य हों। कोष से शब्द ज्ञान करा देना या कुछ विषय रटा देना ही तो शिक्षा नहीं है न! उसका वास्तविक प्रयोग तो आदमी में आदमीपन का विकास करना है। यह विकास ही नैतिकता की प्रतिष्ठा है, जिसके अभाव में सुशिक्षा भी कुशिक्षा ही है।

1 नैतिक शिक्षा व्यक्ति में कौन-कौन से मानवीय गुणों का विकास कर सकती है?

2 नैतिक शिक्षा के द्वारा व्यक्ति को क्या सीख मिलती है?

3 उपर्युक्त गद्यांश में नैतिकता की प्रतिष्ठा किसे कहा गया है?

4 'शिक्षा भी ऐसा तभी कर सकती है, जब उसके कुछ अपने नैतिक मान और मूल्य हों।' प्रस्तुत वाक्य का रचना के आधार पर प्रकार बताइए।

5 उपर्युक्त गद्यांश में एक साथ प्रयोग किए गए विपरीतार्थक शब्द युग्म को लिखिए।

गद्यांश 2

मानव प्रकृति से बहुत कुछ सीख सकता है। सबसे बड़ी शिक्षा तो स्वार्थ-रहित सेवा भावना की है। प्रकृति हमें अपना सब कुछ दान कर देती है, परंतु हम प्रकृति को बदले में क्या देते हैं? हमें भी प्राकृतिक संपदा के संरक्षण का ध्यान रखना चाहिए। परंतु हम करते क्या हैं? हम बिलकुल विपरीत व्यवहार करते हैं। हम अपने लाभ व सुख-सुविधाओं का भोग करने के लिए आए-दिन वनों का अंधाधुंध सफाया करते जा रहे हैं। पेड़ काटकर औद्योगिक परिसर, भवन, होटल तथा व्यापारिक स्थल बनाते जा रहे हैं। हम यह तथ्य भूलते जा रहे हैं कि इस प्रकार से संसाधन एक न एक दिन समाप्त हो जाएँगे और उस दिन हमें अपने किए हुए कार्यों पर पछताना ही पड़ेगा। हमें पता है कि प्रकृति अपनी रिक्तता को पूर्ण कर सकने में समर्थ हैं, परंतु हम उसे इस पूर्ति का समय ही नहीं देना चाहते। अतः हमें वन-संपदा की सेवा के लिए वनवर्धन और वृक्षारोपण पर अधिक-से-अधिक बल देना चाहिए ताकि प्रकृति हमें और बेहतर ढंग से उपहार दे सके।

1 मनुष्य का प्रकृति के प्रति क्या कर्तव्य है?

2 मनुष्य वनों का सफ़ाया क्यों करता जा रहा है?

3 प्रकृति, मनुष्य को बेहतर ढंग से उपहार कैसे दे सकती है?

4 'संरक्षण' शब्द में प्रयुक्त उपसर्ग छाँटकर लिखिए।

5 'स्वार्थ' का विपरीतार्थक शब्द लिखिए।

वर्कशीट 4

निर्देश *निम्नलिखित गद्यांश को ध्यानपूर्वक पढ़कर इस पर आधारित प्रश्नों के उत्तर दीजिए।*

गद्यांश 1

परोपकार का शाब्दिक अर्थ है, पर + उपकार अर्थात् दूसरों की भलाई। वास्तव में, परोपकार की भावना एक स्वाभाविक भावना है, जिसकी प्रेरणा हमें प्रकृति से ही प्राप्त होती है। नदी अपना जल स्वयं नहीं पीती, वृक्ष अपना फल स्वयं नहीं खाते, सूर्य अपनी ऊष्मा एवं ऊर्जा अपने लिए नहीं बचाता आदि न जाने कितने उदाहरण हैं, जो हमें दूसरों के लिए जीना सिखाते हैं। किसी भी समाज में मानवीय मूल्यों का होना नितांत आवश्यक है अन्यथा वह

समाज अधिक देर तक टिक नहीं सकता। मानवीय मूल्यों को बनाए रखने का सार-बिंदु है 'परोपकार की भावना'। इसी भावना के कारण हम दूसरे मनुष्यों के प्रति संवेदनशील होते हैं और उनकी भलाई के बारे में सोचते हैं। यही तो मानवीयता है। इस मानवीयता को बनाए रखना परोपकार की भावना से ही संभव है। महापुरुषों का जीवन परोपकार के लिए ही होता है। महर्षि दधीचि ने स्वेच्छा से अपनी अस्थियाँ असुरों के विनाश के लिए दान कर दी। ईसा मसीह ने मानव-कल्याण की खातिर ही सूली पर चढ़ना स्वीकार किया। महात्मा गांधी और मदर टेरेसा का संपूर्ण जीवन ही परोपकार के लिए व्यतीत हुआ। आज चारों तरफ स्वार्थ की भावना प्रबल है, जो किसी भी समाज के लिए विनाशकारी है। इसलिए हमारा कर्तव्य है कि हम परोपकार की भावना का अधिक-से-अधिक प्रसार करें।

1 उपर्युक्त गद्यांश का उचित शीर्षक क्या है?

(क) मानवीय मूल्यों का विकास ☐ (ख) परोपकार की भावना ☐

(ग) स्वार्थ की भावना ☐ (घ) ये सभी ☐

2 समाज में मानवीय मूल्य समाप्त हो जाने पर क्या होगा?

(क) समाज कमज़ोर हो जाएगा ☐ (ख) समाज बलशाली हो जाएगा ☐

(ग) समाज में परोपकारी प्रवृत्ति बढ़ जाएगी ☐ (घ) समाज मानव-कल्याणी हो जाएगा ☐

3 वर्तमान समय में कौन-सी भावना समाज के लिए विनाशकारी बन गई है?

(क) परोपकार की ☐ (ख) मानवीयता की ☐

(ग) स्वार्थ की ☐ (घ) संवेदनशीलता की ☐

4 'खातिर' शब्द है

(क) तत्सम ☐ (ख) तद्भव ☐

(ग) देशज ☐ (घ) विदेशज ☐

5 'सूर्य' का पर्यायवाची शब्द नहीं है।

(क) सुधाकर ☐ (ख) दिनकर ☐

(ग) प्रभाकर ☐ (घ) भास्कर ☐

गद्यांश 2

रोम संसार का बहुत ही पुराना नगर है, जिसकी राजधानी इटली है। रोम में प्रवेश करने के लिए नदी पर बने सँकरे से पुल पर होकर जाना पड़ता था। एकबार शत्रु-सेना ने रोम पर आक्रमण कर दिया। रोम की सेना का एक अत्यंत वीर सैनिक था—होरेशस। वह अपने दो वीर साथियों के साथ शत्रु का मुकाबला करने के लिए पुल पर खड़ा हो गया। सँकरे पुल पर चार शत्रु सैनिक से अधिक एक-साथ प्रवेश नहीं कर सकते थे। चार शत्रु सैनिक जैसे ही आगे बढ़े, होरेशस ने उनका काम तमाम कर डाला। उधर रोमवासी लकड़ी के पुल को काटने में जुटे थे और इधर होरेशस शत्रुओं से युद्ध करने में। इससे एक ओर सैनिक कट कर गिर रहे थे और दूसरी ओर लकड़ी के खंभे। अंतिम खंभा कटता देख होरेशस ने अपने साथियों को वापस भेज दिया और पुल गिरते ही नदी में कूद गया और तेज़ी से तैरकर दूसरे किनारे पर आ गया। इस तरह उसने रोम को बचा लिया। रोमवासी उसकी जय-जयकार कर रहे थे।

1 रोम नगर तक कहाँ से जाना पड़ता था?

(क) नदी मार्ग से ☐ (ख) वायु मार्ग से ☐

(ग) नदी पर बने पुल से ☐ (घ) लंबे-लंबे रेलमार्ग से ☐

2 रोम के लोग क्या काटने में व्यस्त थे?

(क) शत्रुओं को ☐ (ख) लकड़ी के पुल को ☐

(ग) पुल में लगे लकड़ी के खंभों को ☐ (घ) पुल पर लगे लोहे के जाल को ☐

3 रोमवासियों द्वारा होरेशस की जय-जयकार करने का क्या कारण था?

(क) शत्रुओं का हमला ☐ (ख) पुल का टूटना ☐

(ग) होरेशस का नदी में कूद जाना ☐ (घ) होरेशस की वीरता और साहस ☐

4 'संसार' का सही संधि-विच्छेद है

(क) सम् + सार ☐ (ख) सं + सार ☐

(ग) सन + सार ☐ (घ) सन् + सार ☐

5 'अत्यंत' शब्द में उपसर्ग शब्दांश है।

(क) अ ☐ (ख) अति ☐

(ग) अत ☐ (घ) अत ☐

काव्यांश

वर्कशीट 1

निर्देश *निम्नलिखित काव्यांश को ध्यानपूर्वक पढ़कर इस पर आधारित प्रश्नों के उत्तर दीजिए।*

काव्यांश 1

रणबीच चौकड़ी भर-भर कर चेतक बन गया निराला था
राणा प्रताप के घोड़े से पड़ गया हवा का पाला था।
गिरता न कभी चेतक तन-पर, राणा प्रताप का कोड़ा था
वह दौड़ रहा अरि-मस्तक पर, या आसमान का घोड़ा था।
जो तनिक हवा से बाग हिली, लेकर सवार उड़ जाता था।
राणा की पुतली फिरी नहीं, तब तक चेतक मुड़ जाता था।
कौशल दिखलाया चालों में, उड़ गया भयानक भालों में
निर्भीक गया वह ढालों में, सरपट दौड़ा करवालों में
है यही रहा अब यहाँ नहीं, है वहीं रहा अब वहाँ नहीं
थी जगह न कोई जहाँ नहीं, किस अरि-मस्तक पर कहाँ नहीं।

1 गद्यांश में 'चेतक बन गया निराला था'—क्यों कहा गया है?

2 चेतक राणा प्रताप का इशारा किस तरह समझ जाता था?

3 चेतक के साहस और निर्भीकता का संक्षिप्त वर्णन कीजिए।

4 निम्नलिखित शब्दों में उपसर्ग शब्दांश छाँटकर लिखिए।

(क) प्रताप

(ख) सवार

5 'अरि' शब्द के दो पर्यायवाची लिखिए

काव्यांश 2

बार-बार आती है मुझको, मधुर याद बचपन तेरी,
गया, ले गया, तू जीवन की, सबसे मस्त खुशी मेरी।
चिंता रहित खेलना खाना, वह फिरना निर्भय स्वच्छंद,
कैसे भूला जा सकता है, बचपन का अतुलित आनंद।
रोना और मचल जाना भी, क्या आनंद दिखलाते थे,
बड़े-बड़े मोती-से आँसू, जयमाला पहनाते थे।
मैं रोई, माँ काम छोड़कर, आई, मुझको उठा लिया,
झाड़-पोंछकर चूम-चूमकर, गीले गालों को सुखा दिया।
आ जा बचपन ! एक बार फिर, दे दे अपनी निर्मल शांति,
व्याकुल व्यथा मिटाने वाली, वह अपनी प्राकृत विश्रांति।
वह भोली-सी मधुर सरलता, वह प्यारा जीवन निष्पाप,
क्या फिर आकर मिटा सकेगा, तू मेरे मन का संताप?

1 कवयित्री को बार-बार अपने बचपन की याद क्यों आ रही है?

2 कवयित्री बचपन की किन-किन बातों को नहीं भुला पा रही है?

3 कवयित्री के रोने पर कौन आई? उसने क्या किया?

4 निम्नलिखित शब्दों के विपरीतार्थक शब्द लिखिए।

निर्मल ________ मधुर ________

5 'संताप', में प्रयुक्त उपसर्ग और मूलशब्द लिखिए।

	उपसर्ग	मूलशब्द
संताप	________	________

वर्कशीट 2

निर्देश *निम्नलिखित काव्यांश को ध्यानपूर्वक पढ़कर इस पर आधारित प्रश्नों के उत्तर दीजिए।*

काव्यांश 1

अप्रैल की एक सुबह थी, धीरे-धीरे गरम होना शुरू हो रही थी धूप
करीब आ रहा था कौओं के प्रजनन का समय।
घोंसले के लिए यहाँ वहाँ चीजें बटोरते, जगह-जगह नज़र आते थे कौए
घर के सामने ही खुली जगह में बनने वाला था कोई मकान
नींव के लिए खोदी जा रही थी ज़मीन
वहीं किनारे से लगा दिया गया था बल्लियों का ऊँचा ढेर
बगल ही डाल दिया था मज़दूरों ने अपना झोंपड़ा
उसी थोड़ी सी जगह में खेलते रहते थे।
मज़दूरों के बच्चे सुबह-शाम!
मँडराता रहता था एक मरघिल्ला सा कुत्ता आसपास
कौआ जैसे ही उतरता था मैदान में लेने को
कोई तिनका, रस्सी या लकड़ी का टुकड़ा
भौंकते हुए झपटता था कुत्ता उस पर
चपेट में नहीं आता था कौआ छकाते रहते थे

1 अप्रैल महीने में सवेरे-सवेरे कौओं को क्या करते देखा गया?

2 मज़दूरों के बच्चे सुबह शाम कहाँ खेलते थे?

3 कुत्ते से बचने के लिए कौआ क्या करता था?

4 'सुबह' शब्द के दो पर्यायवाची लिखिए।

5 'कौआ', 'कुत्ता' का तत्सम रूप लिखिए।

काव्यांश 2

दादा जी नाराज़ हैं।
रोज़ रहा करते हैं वे क्या आज हैं?
पता नहीं चल पाता है कि वे किससे नाराज़ हैं!
बच्चों से नाराज़ हैं कि बूढ़ों से नाराज़ हैं
चतुरों से नाराज़ हैं कि मूढ़ों से नाराज़ हैं
कचरों से नाराज़ हैं कि कूड़ों से नाराज़ हैं
चोटी से नाराज़ हैं कि जूड़ों से नाराज़ हैं
दादा जी नाराज़ हैं।
रोज़ रहा करते हैं वे क्या आज हैं!
दादा जी नाराज़ नहीं
उन्हें हुआ है क्या, यह कोई राज नहीं
गुमसुम हैं अपने कमरे में
उन्हें बुलाए जो ऐसी आवाज़ नहीं।
गुज़र गए उनकी दुनिया के मेले-ठेले
दादी नहीं रहीं तब से हैं और अकेले।

1 कवि को क्या नहीं पता चल पा रहा है?

2 दादा जी अपने कमरे में गुमसुम से क्यों हैं?

3 दादा जी किस-किस से नाराज़ हैं?

4 'नाराज़' तथा 'आवाज़' में उपसर्ग शब्दांश छाँटकर लिखिए।

5 निम्नलिखित शब्दों के दो-दो पर्यायवाची शब्द लिखिए।

बगीचा ______ ______

फूल ______ ______

वर्कशीट 3

निर्देश *निम्नलिखित काव्यांश को ध्यानपूर्वक पढ़कर इस पर आधारित प्रश्नों के उत्तर दीजिए।*

काव्यांश 1

पूर्व चलने के बटोही, पंथ की पहचान कर ले।
पुस्तकों में है नहीं छापी गई इसकी कहानी।
हाल इसका ज्ञात होता है न औरों की जुबानी।।
अनगिनत राही गए इस राह से, उनका पता क्या?
पर गए कुछ लोग इस पर छोड़ पैरों की निशानी।।
यह निशानी मूक होकर भी बहुत कुछ बोलती है।
खोल इसका अर्थ पंथी, पंथ का अनुमान कर ले।।
पूर्व चलने के बटोही, पंथ की पहचान कर ले।
यह बुरा है या कि अच्छा, व्यर्थ दिन इस पर बिताना।
जब असंभव छोड़ यह पथ दूसरे पर पग बढ़ाना।।
तू इसे अच्छा समझ, यात्रा सरल इससे बनेगी।
सोच मत केवल तुझे ही यह पड़ा मन में बिठाना।।

1 कवि मनुष्य को चलने से पहले क्या करने को कह रहा है?

2 'यह निशानी मूक होकर भी बहुत कुछ बोलती है' पंक्ति का आशय स्पष्ट कीजिए।

3 यात्री की यात्रा किस तरह सरल बन सकती है?

4 'मत' शब्द के दो भिन्न-भिन्न अर्थ लिखिए।

5 प्रत्यय एवं मूल शब्द बताइए

	प्रत्यय	मूल शब्द
जुबानी		
पंथी		

काव्यांश 2

मेंढक ने शोर बाँधा, चिड़ियों ने चहक खोली,
मुश्किल से लोग सुनते थे जिनकी कभी बोली,
वह मोर वह पपीहा थकते नहीं हैं जैसे,
सुध है कि सुध नहीं है, खोए हुए हैं ऐसे,
ठंडी हवा ने आकर जब से इन्हें छुआ है
भगवान जाने तब से झाड़ों को क्या हुआ है?
पत्ती हर-एक भरकर मस्ती में हिल रही है,
डाली कि आम वाली पीपल से मिल रही है,
सूखी पड़ी थी नदियाँ, सो भदभदा गई रे,
बरसात आ गई रे, बरसात आ गई रे!
तू उठके बैठ जा रे, लिखने में क्या धरा है,
खिड़की से झाँक तो ले कैसा हरा-भरा है,
धरती पे सरग उतरा—सा जान पड़ रहा है।

1 बरसात के मेंढक और चिड़ियों पर क्या असर हुआ?

2 कवि को ऐसा क्यों लगता है कि मोर और पपीहा बेसुध से हो गए हैं?

3 लिखने में व्यस्त व्यक्ति से कवि क्या कह रहा है?

4 निम्नलिखित शब्दों के दो-दो पर्यायवाची शब्द लिखिए।

भगवान

नदी

5 निम्नलिखित शब्दों के तत्सम रूप लिखिए

आम

सरग

वर्कशीट 4

निर्देश *निम्नलिखित काव्यांश को ध्यानपूर्वक पढ़कर इस पर आधारित प्रश्नों के उत्तर दीजिए।*

काव्यांश 1

लीक पर वे चलें जिनके, चरण दुर्बल और हारे हैं
हमें तो जो हमारी यात्रा से बने ऐसे अनिर्मित पथ प्यारे हैं।
साक्षी हो रहा रोक खड़े
पीले बाँस के झुरमुट कि उनमें गा रही है, जो हवा
उसी से लिपटे हुए सपने हमारे हैं।
शेष जो भी है वक्ष खोले डोलती अमराइयाँ
गर्व से आकाश थामे खड़े हैं
ताड़ के ये पेड़ हिलती क्षितिज की झालरें
झूमती हर डाल पर बैठी
फलों से लदी भारती खिलखिलाती शोख अल्हड़ हवा
गायक मंडली से थिरकते आते गगन में मेघ
वाद्ययन्त्र से पड़े टीले।

1 दूसरों की बनाई लीक पर कौन चलते हैं?
(क) साहसी लोग ☐ (ख) शक्तिशाली लोग ☐
(ग) जिनके पैर कमज़ोर हों ☐ (घ) जिन्हें राह बनाना आता है ☐

2 पीले बाँस के झुरमुट क्या कर रहे हैं?
(क) रास्ते की शोभा बढ़ा रहे हैं ☐ (ख) राह रोककर खड़े हैं ☐
(ग) रास्ता दिखा रहे हैं ☐ (घ) लोगों का इंतजार कर रहे हैं ☐

3 आकाश को रोककर कौन खड़े हैं?
(क) आम के पेड़ ☐ (ख) बाँस के पेड़ ☐
(ग) फलों से लदे पेड़ ☐ (घ) ताड़ के पेड़ ☐

4 'दुर्बल' शब्द में उपसर्ग है?
(क) दु ☐ (ख) दुर् ☐
(ग) दुः ☐ (घ) दुं ☐

5 'गायक' का सही संधि-विच्छेद है
(क) गे + अक ☐ (ख) गै + अक ☐
(ग) गो + अक ☐ (घ) गा + यक ☐

काव्यांश 2

चारु चंद्र की चंचल किरणें खेल रही हैं जल-थल में,
स्वच्छ चाँदनी बिछी हुई है, अवनि और अंबरतल में।
पुलक प्रकट करती है धरती, हरित तृणों की नोकों से,
मानो झूम रहे हैं तरु भी, मंद पवन के झोंकों से।।
पंचवटी की छाया में है, सुंदर पर्ण-कुटीर बना,
उसके सम्मुख स्वच्छ शिला पर, धीर वीर निर्भीक बना
जाग रहा यह कौन धनुर्धर, जबकि भुवन भर सोता है!
भोगी कुसुमायुध योगी-सा, बना दृष्टिगत होता है।।
क्या ही स्वच्छ चाँदनी है यह, है क्या ही निस्तब्ध निशा
है स्वच्छंद सुमंद गंधवह, निरानंद है कौन दिशा?
बंद नहीं, अब भी चलते हैं, नियति-नटी के कार्य-कलाप।

1 धरती अपनी खुशी किसके माध्यम से प्रकट कर रही है?
(क) तरु के ☐ (ख) पवन के झोंके से ☐
(ग) हरी घास की पत्तियों से ☐ (घ) स्वच्छ चाँदनी से ☐

2 वीर और निडर धनुर्धारी कहाँ बैठा हुआ है?
(क) पंचवटी में पेड़ के नीचे ☐ (ख) कुटिया के बाहर चट्टान पर ☐
(ग) सुंदर पर्ण-कुटीर में ☐ (घ) हरी घास पर ☐

3 पंचवटी में बहने वाली पवन की विशेषता है
(क) स्वच्छंद बहने वाली ☐ (ख) धीरे-धीरे बहने वाली ☐
(ग) सुगंध फैलाने वाली ☐ (घ) ये सभी ☐

4 कौन से शब्द में 'ई' प्रत्यय का योग नहीं है?
(क) नटी ☐ (ख) योगी ☐
(ग) चाँदनी ☐ (घ) पंचवटी ☐

5 'अवनि' शब्द का पर्यायवाची है।
(क) सागर ☐ (ख) पृथ्वी ☐
(ग) आकाश ☐ (घ) नदी ☐

उत्तरमाला

पाठ्य-पुस्तक

1 ध्वनि

3. (1) (घ) (iii) पुनरावृत्त शब्द (ङ) (iii) प्रातःकाल (2) (घ) (ii) विष (ङ) (ii) जीवन
5. (क) (✓) (ख) (✓) (ग) (×) (घ) (×) (ङ) (×)

2 लाख की चूड़ियाँ

4. (1) (घ) (iv) संबंधवाचक (ङ) (iv) विशेषण (2) (घ) (i) प्रारंभिक (ङ) (iii) त्व
5. (क) (×) (ख) (✓) (ग) (✓) (घ) (×) (ङ) (✓)
6. (क) नीम (ख) मचिये (ग) लाख (घ) मशीन (ङ) काँच

3 बस की यात्रा

4. (1) (घ) (ii) पुरानी (ङ) (iv) मनुज (2) (घ) (iii) उर्दू (ङ) (iv) महीप
5. (क) (×) (ख) (✓) (ग) (×) (घ) (✓) (ङ) (✓)

4 दीवानों की हस्ती

3. (1) (घ) (iii) विश्व (ङ) (i) उत् + लास (2) (घ) (iii) सफल (ङ) (iii) उपमा
5. (क) (×) (ख) (✓) (ग) (✓) (घ) (×) (ङ) (✓)

5 चिट्ठियों की अनूठी दुनिया

4. (1) (घ) (iii) लेखा और जोखा (ङ) (i) महा + आत्मा (2) (घ) (iii) द्वंद्व (ङ) (iii) दूर
5. (क) (✓) (ख) (×) (ग) (×) (घ) (✓)

6 भगवान के डाकिए

3. (1) (घ) (iii) द्रव्यवाचक (ङ) (iv) वृक्ष (2) (घ) (i) पाँख (ङ) (i) सु
4. (क) (✓) (ख) (✓) (ग) (×) (घ) (×)

7 क्या निराश हुआ जाए

4. (1) (घ) (ii) दोष + उद्घाटन (ङ) (iv) भाववाचक (2) (घ) (iv) मिश्रित वाक्य (ङ) (iii) बेचैन
5. (क) (✓) (ख) (×) (ग) (×) (घ) (✓) (ङ) (✓)
6. (क) नब्बे रूपये (ख) ईमानदारी (ग) साइकिल (घ) हवाइयाँ (ङ) भारतवर्ष

8 यह सबसे कठिन समय नहीं

3. (1) (घ) (iii) विशेषण (ङ) (i) यौगिक 2. (घ) (i) आखिरी (ङ) (ii) तद्भव
5. (क) (✓) (ख) (×) (ग) (✓) (घ) (×) (ङ) (✓)

9 कबीर की साखियाँ

3. (1) (घ) (ii) तत्सम (ङ) (iii) कृपाण (2) (घ) (iv) वारि (ङ) (i) स्मरण
5. (क) (✓) (ख) (✓) (ग) (✓) (घ) (×) (ङ) (✓)

10 कामचोर

4. (1) (घ) (i) साफ़ (ङ) (iii) अनिश्चयवाचक (2) (घ) (i) द्वंद्व (ङ) (i) अकर्मक
5. (क) (×) (ख) (×) (ग) (✓) (घ) (×) (ङ) (✓)
6. (क) काम (ख) भेड़ें (ग) तरकारी वाली (घ) व्याकुल (ङ) खाना

11 जब सिनेमा ने बोलना सीखा

4. (1) (घ) (i) सर्व + अधिक (ङ) (iii) देशज (2) (घ) (ii) तत्पुरुष (ङ) (iii) ईय
5. (क) (✓) (ख) (×) (ग) (✓) (घ) (✓) (ङ) (✓)
6. (क) संगीतकार (ख) आठ (ग) शान (घ) अर्देशिर (ङ) पृथ्वीराज कपूर

12 सुदामा-चरित

3. (1) (घ) (iii) पृथ्वी (ङ) (iii) सबल (2) (घ) (i) पथ (ङ) (iii) ब्रजभाषा
5. (क) (✓) (ख) (×) (ग) (✓) (घ) (✓)

13 जहाँ पहिया है

4. (1) (घ) (i) प्र (ङ) (ii) इक (2) (घ) (ii) आय (ङ) (i) विदेशी
5. (क) (×) (ख) (×) (ग) (×) (घ) (✓) (ङ) (✓)
6. (क) गरीब (ख) नवसाक्षर (ग) तरह (घ) आज़ादी (ङ) आत्मसम्मान

14 अकबरी लोटा

4. (1) (घ) (i) आखिरी (ङ) (ii) डर जाना (2) (घ) (iii) सम् (ङ) (i) रचना
5. (क) (×) (ख) (✓) (ग) (×) (घ) (✓) (ङ) (✓)
6. (क) काशी (ख) पानी (ग) सायबान (घ) ऐतिहासिक (ङ) सिकड़ी

15 सूरदास के पद

3. (1) (घ) (iv) उपमा (ङ) (iii) द्वंद्व (2) (घ) (iii) ब्रज (ङ) (iv) पुनरुक्तिप्रकाश
4. (क) (✓) (ख) (×) (ग) (×) (घ) (✓) (ङ) (✓)

16 पानी की कहानी

4. (1) (घ) (iii) सर्वनाम (ङ) (ii) हस्त (2) (घ) (iii) प्रसन्नता (ङ) (ii) भाववाचक
5. (क) (✓) (ख) (×) (ग) (✓) (घ) (✓) (ङ) (✓)
6. (क) सूर्य (ख) सूर्यमंडल (ग) भाप-रूप (घ) महा आलसी (ङ) समतल

17 बाज और साँप

4. (1) (घ) (iii) पाहन (ङ) (iv) दुग्ध (2) (घ) (iii) गगन (ङ) (iii) गुहा
5. (क) अंधेरी गुफा (ख नदी (ग) सिर (घ) स्वच्छंदता (ङ) लहरों

18 टोपी

4. (1) (घ) (iv) रास्ता (ङ) (iv) समुच्चयबोधक (2) (घ) (iii) रंक (ङ) (iii) बुढ़ापा
5. (क) लिबास (ख) फाहा (ग) पाँच फुँदने (घ) कंगूरे (ङ) कारीगर

व्याकरण

1 भाषा, लिपि तथा व्याकरण

1. (क) (i) लिखित (ख) (iii) दो (ग) (ii) मौखिक (घ) (iii) जर्मन (ङ) (iii) देवनागरी
2. स्त्री, पश्चिम, कृषि, नीति, समीक्षा
3. (क) आवाज़ (ख) होशियार (ग) समाचार (घ) अख़बार (ङ) जानकारी
4. (क) देवनागरी (ख) रोमन (ग) फ़ारसी (घ) गुरुमुखी (ङ) देवनागरी
5. (क) वर्ण-विचार (ख) शब्द-विचार (ग) वाक्य-विचार (घ) व्याकरण
6. (क) (iii) मैथिली (ख) (i) मारवाड़ी (ग) (iv) खड़ी बोली (घ) (v) कुमाऊँनी (ङ) (ii) अवधी

2 वर्ण-विचार

1. (क) (iv) झ (ख) (iii) भ (ग) (v) ढ (घ) (i) ग (ङ) (ii) द
2. **अनुस्वार** कंठ, अंग, गंगा, चंद्र
   अनुनासिक आँख, गाँव, दाँत, पाँव
3. (क) त्र = त्रिशूल, त्रिभुज (ख) श्र = श्रम, श्रमिक (ग) ज्ञ = ज्ञानी, ज्ञान (घ) क्ष = क्षमा, क्षेत्र
4. (क) सार्थक (ख) कोयल (ग) उच्चारण (घ) स्वतंत्र (ङ) औद्योगिक
5. (क) (iii) इ, ई, च, छ (ख) (v) त्, थ्, द्, ध्
   (ग) (i) अ, आ, अः, क् (घ) (ii) अं, ङ्, ञ, ण (ङ) (iv) ओ, औ
6. (क) प् + अ + र् + आ + ध् + ई + न् + अ = पराधीन (ख) क् + इ + स् + आ + न् + अ = किसान
   (ग) स् + अ + त् + क् + आ + र् + अ = सत्कार
7. (क) व् + इ + द् + य् + आ + र + थ + ई (ख) अ + ध् + य् + आ + प् + अ + क् + अ
   (ग) द् + उ + न् + इ + य् + आ (घ) क् + अ + ठ् + इ + न् + आ + ई
   (ङ) ह् + आ + र् + द् + इ + क् + अ

3 शब्द-विचार

1. तत्सम — कपाट, कार्य, अग्नि
तद्भव — पंछी, छाता, कोयल
देशज — पगड़ी, भोंपू, थप्पड़
विदेशज — टेलीफ़ोन, बेगम, कानून

2. (क) तत्सम (ख) तत्सम (ग) तद्भव (घ) देशी (ङ) विदेशी

3. (क) मौत (ख) माता (ग) घर (घ) माथा (ङ) साँप

4. (क) धरा (ख) अश्रु (ग) अर्द्ध (घ) उज्ज्वल (ङ) चंद्र

5. (क) **रूढ़** घोड़ा, घर, मुँह, दिन
(ख) **यौगिक** विज्ञान, राजपुत्र, सामाजिक, अभिमान
(ग) **योगरूढ़** हनुमान, जलज, गिरधारी, दशरथ

6. (क) (iii) दुनिया (ख) (v) स्कूल (ग) (i) चेहरा (घ) (ii) बहादुर (ङ) (iv) कमीज़

4 संधि

1. (क) (iii) मेल (ख) (i) सम् + धि (ग) (iv) अलग करना (घ) (i) वीर + अंगना (ङ) (iv) गुरु + उपदेश

2. (क) गुण (ख) व्यंजन (ग) सेवार्थ (घ) मातृाज्ञा (ङ) तिरस्कार

3. (क) (✓) (ख) (×) (ग) (✓) (घ) (×) (ङ) (✓)

4. (क) (v) दीर्घ संधि (ख) (iv) गुण संधि (ग) (i) वृद्धि संधि (घ) (ii) यण संधि (ङ) (iii) अयादि संधि

5. (क) स्वागत, यण संधि (ख) नायिका, अयादि संधि (ग) महेश, गुण संधि
(घ) सदैव, वृद्धि संधि (ङ) भानूदय, दीर्घ संधि

6. (क) सत्य + आग्रह (ख) महा + उत्सव
(ग) गै + इका (घ) सत् + भावना (ङ) उत् + हार

5 समास

1. (क) (iii) धन से हीन (ख) (ii) तीनों लोकों का समाहार (ग) (iv) महान आशय
(घ) (i) गृह में प्रवेश (ङ) (iii) दया का सागर

2. (क) हिम का आलय (ख) पुस्तकालय (ग) लंबोदर (घ) राजकुमार (ङ) पाँच वटों का समूह

3. (क) (✓) (ख) (×) (ग) (✓) (घ) (✓) (ङ) (×)

4.

समस्त पद	**विग्रह पद**	**समास का नाम**
(क) सप्ताह	सात दिनों का समूह	द्विगु
(ख) हार-जीत	हार और जीत	द्वंद्व
(ग) वनवासी	वन में बसने वाला	तत्पुरुष
(घ) रेखांकित	रेखा के द्वारा या रेखा से अंकित	तत्पुरुष
(ङ) गजानन	हाथी का मुँह है जिसका (गणेश)	बहुव्रीहि

5. (क) हाथों-हाथ (ख) विषधर (ग) धर्माधर्म (घ) यथेष्ट (ङ) कर्मनिरत

6. (क) (iii) कर्मधारय (ख) (iv) अव्ययीभाव (ग) (i) तत्पुरुष (घ) (v) द्विगु (ङ) (ii) द्वंद्व

6 संज्ञा

1. (क) (iv) पुस्तक (ख) (ii) जातिवाचक संज्ञा (ग) (iii) समीपता
(घ) (iv) व्यक्तिवाचक संज्ञा (ङ) (iii) व्यक्तिवाचक संज्ञा

2. (क) लड़कपन (ख) बचपन (ग) मनुष्यता (घ) बुढ़ापा (ङ) पुरुषत्व

3. (क) (×) (ख) (✓) (ग) (×) (घ) (×) (ङ) (✓)

4. (क) भाववाचक (ख) भाववाचक (ग) जातिवाचक (घ) भाववाचक (ङ) व्यक्तिवाचक

5. (क) वीरता (ख) सुंदरता (ग) धैर्य (घ) हरियाली (ङ) लोभी

6. (क) स्नेहा, घर (ख) पक्षियों, नदी (ग) सौंदर्य, ठंडा (घ) समूह, गट्ठर (ङ) पानी, लोहा

7 संज्ञा के विकार

लिंग

1. (क) (iii) आइन (ख) (i) इनी (ग) (iv) ई (घ) (v) नी (ङ) (ii) आनी
2. (क) (i) युवक (ख) (ii) पुल्लिंग (ग) (iv) श्रीमती (घ) (ii) मच्छर
3. (क) **पुल्लिंग**–पैर, फूल, आम, हाथी, बेटा, हिमालय, पुखराज, तालाब, पानी, टमाटर।
   (ख) **स्त्रीलिंग**–आँख, झील, गंगा, सेना, हवा, सजावट, बुनावट, ककड़ी, अंग्रेज़ी, प्यास।
4. (क) अध्यक्षा (ख) नायिका (ग) देवी (घ) लड़की (ङ) लुटिया
6. (क) विदुषी (ख) हथिनी (ग) अध्यापक (घ) रानी (ङ) नेत्री
7. (क) (✓) (ख) (✓) (ग) (✓) (घ) (✓) (ङ) (×)

वचन

1. (क) (iii) वर्षा (ख) (ii) पिताजी आ गया है। (ग) (iii) चुहियाँ (घ) (ii) बहुवचन (ङ) (i) फूल
2. (क) (iii) जन (ख) (i) गण (ग) (v) वृंद (घ) (ii) लोग (ङ) (iv) समुदाय
3. **एकवचन** मेला, सभा, जोड़ा, प्रज्ञा, दवात, मैं, डाली।
   बहुवचन सेनाएँ, नारियाँ, चुहियाँ, खगवृंद, केले, छात्रगण, प्रियजन, तुम लोग
4. (क) भाषाएँ (ख) बिटियाँ (ग) शिलाएँ (घ) कविगण (ङ) दीवारें
5. (क) गाड़ियाँ (ख) पत्ते (ग) हिरण (घ) तितलियाँ (ङ) रुपये
7. (क) (✓) (ख) (✓) (ग) (✓) (घ) (×) (ङ) (✓)

कारक

1. पर, की, के, में, से, के लिए, में, ने
2. (क) (ii) अपादान (ख) (ii) कर्म (ग) (i) करण (घ) (ii) पर (ङ) (ii) पर
3. (क) (v) ने (ख) (iii) को (ग) (i) से, के द्वारा (घ) (viii) को, के लिए (ङ) (vii) से (अलग)
   (च) (ii) का, की, के (छ) (iv) में, पर (ज) (vi) हे, अरे
4. (क) के लिए (ख) में (ग) से (घ) अरे! (ङ) को
5. (क) अधिकरण कारक (ख) संप्रदान कारक (ग) करण कारक (घ) अपादान कारक (ङ) संबंध कारक

8 सर्वनाम

1. (क) (i) सभी का नाम-सर्व संज्ञा (ख) (ii) निजवाचक सर्वनाम (ग) (iv) वह (घ) (iii) ये
   (ङ) (iii) प्रश्नवाचक
2. (क) अपना (ख) सर्वनाम (ग) क्या (घ) निजवाचक (ङ) संबंधवाचक
3. (क) (iii) अनिश्चयवाचक सर्वनाम (ख) (vi) मध्यम पुरुषवाचक सर्वनाम (ग) (vii) निजवाचक सर्वनाम
   (घ) (ii) प्रश्नवाचक सर्वनाम (ङ) (iv) निश्चयवाचक सर्वनाम (च) (i) उत्तम पुरुषवाचक सर्वनाम
   (छ) (v) अन्य पुरुषवाचक सर्वनाम
4. (क) हम, हमने, मुझे, मेरा, मैंने, मुझको (ख) तुम, तुम्हें, तूने, तू, आपने (ग) उनको, इन्हें, वे, उन

9 विशेषण

1. (क) छात्र (ख) लड़की (ग) जल (घ) पुष्प (ङ) पत्ते
2. (क) अच्छा (ख) 4 किलो (ग) कुछ (घ) कुछ (ङ) ऊँचा (च) बहुत
3. (क) (✓) (ख) (×) (ग) (✓) (घ) (✓) (ङ) (✓)
4. (क) साप्ताहिक (ख) मासिक (ग) इलाहाबादी (घ) ओजस्वी (ङ) दयालु
5. (क) यह-सार्वनामिक (ख) सभी-अनिश्चित संख्यावाचक (ग) नया-गुण वाचक
   (घ) थोड़ा-परिमाण वाचक (ङ) चारों-निश्चित संख्या वाचक
6. (क) तीव्रतर (ख) बलवत्तम (ग) प्रियतर (घ) महत्तर (ङ) वृहत्त

10 क्रिया

1. | सकर्मक क्रिया | अकर्मक क्रिया |
|---|---|
| पढ़ना | दौड़ना |
| खाना | उठना |
| देखना | रोना |
| लिखना | चलना |
| काटना | उड़ना |

2. (क) (✓) (ख) (✓) (ग) (×) (घ) (✓)
3. (क) खरीदी (ख) सोचा (ग) गया (घ) जीतेगा (ङ) कहकर
4. | क्रिया | भेद | क्रिया | भेद |
|---|---|---|---|
| (क) सोना | अकर्मक | (ख) देना | सकर्मक |
| (ग) उड़ना | अकर्मक | (घ) उड़ाना | सकर्मक |
| (ङ) खाना | सकर्मक | | |

5. | धातु | सहायक क्रिया |
|---|---|
| (क) हँस | रहा है |
| (ख) खरीदे | रहे हैं |
| (ग) पढ़ | रहा हूँ |
| (घ) कर | रहा है |
| (ङ) जा | रहा है |

11 काल

1. (क) (iii) वर्तमान काल (ख) (iv) भविष्यत् काल (ग) (ii) भूतकाल (घ) (i) वर्तमान काल
2. (क) लगाएँगे (ख) गाया (ग) जाएगा (घ) पढ़ता
6. (क) वर्तमान काल (ख) भविष्यत् काल (ग) भूतकाल
7. (क) संदिग्ध वर्तमान (ख) संभाव्य भविष्यत् (ग) सामान्य भूत (घ) पूर्ण भूत

12 वाच्य

2. (क) (✓) (ख) (✓) (ग) (×) (घ) (×) (ङ) (×)
3. (क) भाववाच्य (ख) कर्मवाच्य (ग) भाववाच्य (घ) कर्तृवाच्य (ङ) कर्मवाच्य
4. (क) वृद्धा से (ख) पुलिस ने (ग) रमा (घ) उससे (ङ) राम से

13 अलंकार

1. (क) (iii) अनुप्रास (ख) (ii) उत्प्रेक्षा (ग) (iv) मानवीकरण (घ) (i) यमक (ङ) (iv) अतिशयोक्ति
2. (क) (iii) अनुप्रास (ख) (iv) रूपक (ग) (v) पुनरुक्तिप्रकाश (घ) (ii) यमक (ङ) (i) उत्प्रेक्षा
3. (क) (✓) (ख) (×) (ग) (✓) (घ) (×) (ङ) (✓)
4. (क) श्लेष (ख) उपमा (ग) अनुप्रास (घ) यमक (ङ) उपमा
5. (क) उपमा (ख) रूपक (ग) अनुप्रास (घ) उपमा (ङ) उत्प्रेक्षा

14 उपसर्ग एवं प्रत्यय

उपसर्ग

1. (क) (ii) नए (ख) (ii) शब्द के प्रारंभ में (ग) (iv) शब्दांश (घ) (iii) दुस् (ङ) (ii) अस्तित्व
2. (क) स्वदेश (ख) सबल (ग) अधपका (घ) बेरहम (ङ) चिर
3. (क) सरताज, सरपंच (ख) संस्कार, संगम (ग) पुरातन, पुरातत्व (घ) खुशनसीब, खुशखबरी
4. (क) अपयश (ख) वियोग (ग) अनुराग (घ) अनिच्छा (ङ) सुकर्म
5.

उपसर्ग	मूल शब्द	उपसर्ग	मूल शब्द
(क) आ	जीवन	(ख) अ	काल
(ग) क	पूत	(घ) नि	डर
(ङ) अव	गुण		

प्रत्यय

1. (क) (iv) शब्दांश (ख) (ii) अंत में (ग) (iv) उक (घ) (iii) ति (ङ) (iv) ऐरा
2. (क) दैनिक (ख) ता (ग) इक (घ) गर (ङ) 'ई'
3. (क) (iii) कार (ख) (i) एरा (ग) (ii) आवट (घ) (v) ईला (ङ) (iv) नाक
4. (क) वान – धनवान, गुणवान (ख) अन – जलन, घुटन
   (ग) इया – बढ़िया, घटिया (घ) आहट – घबराहट, बौखलाहट
   (ङ) इक – भौतिक, धार्मिक
5. (क) गार (ख) मंद (ग) आलु (घ) चा

15 वाक्य

2. (क) (ii) साहसी व्यक्ति सफल होता है। (ख) (i) आप द्वारा पर बैठें और प्रतीक्षा करें।
   (ग) (ii) अरे! तुमने तो कमाल कर दिया। (घ) (i) मैं कल नहीं आऊँगा।
3. (क) (✓) (ख) (×) (ग) (✓) (घ) (×) (ङ) (✓)
4.

उद्देश्य	विधेय	उद्देश्य	विधेय
(क) सोहन	पढ़कर सो जाता है।	(ख) परिश्रमी बालक	पढ़ रहे हैं।
(ग) शिकारी	बाण से घायल पक्षी मर गया।	(घ) मेरी माताजी	अच्छा खाना बनाती हैं।
(ङ) रमेश	प्रतिदिन विद्यालय जाता है।		

6. (क) विधानवाचक (ख) प्रश्नवाचक (ग) विस्मयवाचक (घ) निषेधवाचक (ङ) संदेहवाचक

16 अशुद्धि शोधन

वर्तनी की सामान्य अशुद्धियाँ

1. (क) आदर्श (ख) प्राण (ग) क्षमा (घ) अर्थ (ङ) वस्तु (च) पूर्ण
   (छ) आजकल (ज) आयु
2. (क) बीमार (ख) उज्ज्वल (ग) अनन्नास (घ) चिह्न (ङ) कर्तव्य (च) अहंकार
   (छ) स्वच्छ (ज) प्रमाण (झ) नीति (ञ) श्रृंगार
3. (क) विज्ञान (ख) विशेष (ग) मुनि (घ) चाचा (ङ) रामायण (च) निराकार
   (छ) अनुकूल (ज) समीप (झ) विकल्प (ञ) साकार

वाक्य संबंधी अशुद्धियाँ

2. (क) पुरस्कार (ख) वापस (ग) उपर्युक्त (घ) कृपया (ङ) मात्र

17 विराम-चिह्न

1. (क) (iii) रुकना (ख) (iv) विस्मयादिबोधक (ग) (ii) लिखित भाषा में (घ) (iv) कोष्ठक (ङ) (iii) उद्धरण
2. (क) (i) रोहन, तुम यहीं ठहरो। (ख) (iii) वाह! आप यहाँ कैसे पधारे? (ग) (iv) जो बड़ें हैं, उन्हें सम्मान दो।
   (घ) (iii) उसने एम.ए. की परीक्षा उत्तीर्ण कर ली।
3. (क) प्रश्नवाचक (ख) विस्मयवाचक (ग) उद्धरण (घ) विवरण (ङ) अर्द्धविराम (च) निर्देशक
5. (क) (iii) अल्प विराम (ख) (v) योजक (ग) (i) लाघव (घ) (ii) हंसपद (ङ) (iv) पूर्ण विराम

18 पद-परिचय एवं पदबंध

1. (क) (ii) विशेषण (ख) (ii) क्रिया (ग) (iii) क्रिया-विशेषण (घ) (ii) सर्वनाम (ङ) (iii) संज्ञा
2. (क) (i) (✓) (ii) (✓) (iii) (✗) (ख) (i) (✓) (ii) (✓) (iii) (✗)
5. (क) दौड़ते हुए छात्रों (ख) झूठ बोलने वाले लोग (ग) मकान के पीछे खड़ा पेड़ (घ) अयोध्या के राजा दशरथ (ङ) परिश्रम करने वाले छात्र
6. (क) दहाड़ने वाला (ख) बहुत सुंदर (ग) सड़ा हुआ (घ) ऊँचे और विशाल (ङ) सफ़ेद रंग
7. (क) तकदीर का मारा वह (ख) आपके साथियों में से कोई (ग) हम उन्हें (घ) अपने पिताजी की (ङ) कुत्ते को देखकर भागने वाले तुम (च) उन्होंने
8. (क) सो रहा है (ख) गा रही है (ग) उड़ रहे हैं (घ) बैठा है (ङ) लिखता हूँ
9. (क) क्रिया विशेषण पदबंध (ख) क्रिया पदबंध (ग) क्रिया पदबंध (घ) विशेषण पदबंध (ङ) संज्ञा पदबंध

19 शब्द भंडार

पर्यायवाची शब्द

1. (क) (iii) समीर (ख) (ii) वसन, कपड़ा (ग) (iv) कानन (घ) (iii) दीन (ङ) (iv) नृसिंह
2. (क) (iii) आँख (ख) (iv) अभिलाषा (ग) (ii) चीर (घ) (i) पक्षी (ङ) (vi) सर्प (च) (vii) रात (छ) (v) दूध
3. (क) अग्नि- आग, अनल, पावक (ख) जल- वारि, नीर, सलिल (ग) ज्योति-प्रकाश, लौ, आलोक (घ) नारी- महिला, रमणी, स्त्री (ङ) पेड़- तरु, विटप, वृक्ष
4. (क) (✓) (ख) (✗) (ग) (✓) (घ) (✗) (ङ) (✓)

विलोम शब्द

1. (क) दानव (ख) अनेकता (ग) नकद (घ) व्यय (ङ) अमंगल
2. (क) अपने (ख) शत्रु (ग) अच्छा (घ) अभिशाप (ङ) मधुर

अनेक शब्दों या वाक्यांशों के लिए एक शब्द

1. (क) (iv) अक्षम्य (ख) (i) सच्चरित्र (ग) (vi) अकस्मात् (घ) (ii) त्रिवेणी (ङ) (vii) कामचोर (च) (iii) ईर्ष्यालु (छ) (v) गणितज्ञ
2. (क) जिज्ञासा (ख) अभिशप्त (ग) अमराई (घ) जिजीविषा (ङ) अकल्पनीय

अनेकार्थी शब्द

1. (क) (ii) चतुर (ख) (i) कर्तव्य (ग) (iii) प्रश्न (घ) (i) निर्भीक (ङ) (iii) शिष्य
2. (क) (iv) कठोर (ख) (iii) गहना (ग) (i) आकाश (घ) (ii) ब्राह्मण (ङ) (iv) संसार
3. (क) गोद गिनती (ख) एक फल साधारण (ग) निशाना उद्देश्य (घ) हाथ टैक्स (ङ) पत्ता चिट्ठी

समश्रुति भिन्नार्थक शब्द

2. (क) पक्षी, गधे की एक प्रजाति (ख) घोड़ा, हृदय (ग) बातचीत, हवा (घ) जड़, दाम (ङ) सबूत, नमस्ते (च) पर्वत, सर्प (छ) कमल, बादल (ज) विद्यार्थी, छाता (झ) विलंब, वस्त्र (ञ) पृथ्वी, पानी का तेज़ बहाव

एकार्थक प्रतीत होने वाले शब्द

1. (क) (v) जिसे टाला न जा सके (ख) (vii) ज़रूरी (ग) (i) घमंड (घ) (vi) मान होना (गुण) (ङ) (ii) किसी वस्तु को पाने की चाह (च) (viii) दूसरे की चीज़ पाने की चाह (छ) (iv) नारी (ज) (iii) जिसके साथ विवाह हुआ हो (झ) (x) दोनों पक्षों से मदद (ञ) (ix) एक पक्ष से मदद
2. (क) शस्त्र (ख) पावन (ग) दान (घ) श्रम (ङ) छाया

20 मुहावरे एवं लोकोक्तियाँ

मुहावरे

1. (क) (ii) एक का दूसरे से कुछ अच्छा होना (ख) (iii) लज्जित होना (ग) (iv) बदनाम करना
   (घ) (i) चैन मिलना (ङ) (ii) स्वावलंबी होना
2. (क) (vii) होश ठिकाने आना (ख) (vi) भूख लगना (ग) (v) मन ललचाना (घ) (iii) कटु बोलना
   (ङ) (iv) आश्चर्य होना (च) (ii) खुशी मनाना (छ) (i) बहुत प्यारा
3. (क) दिल बाग-बाग (ख) राम-नाम सत्य (ग) आँखों का तारा (घ) बोलती बंद हो गई (ङ) अंधे की लकड़ी

लोकोक्तियाँ

1. (क) (iii) हर तरफ़ मुसीबत (ख) (i) अपनी बात से पलट जाना (ग) (ii) मनुष्य जीवन नाशवान है
   (घ) (iv) एक स्थान पर दो उग्र विचार वाले (ङ) (iii) झगड़े के कारण को नष्ट करना
2. (क) (v) अंतिम परिणाम अच्छा होता है। (ख) (iv) परिश्रम में शक्ति होती है। (ग) (i) पाप करने वाला डरता रहता है।
   (घ) (ii) ओच्छा व्यक्ति सदा दिखावा करता है। (ङ) (iii) खुद ही अपने लिए मुसीबत खड़ी करना।
3. (क) (✓) (ख) (×) (ग) (✓) (घ) (×) (ङ) (✓)

अपठित बोध

1 गद्यांश

वर्कशीट 1

गद्यांश 1

4. स्व (उपसर्ग), तंत्र (मूलशब्द), ता (प्रत्यय) 5. निरक्षर

गद्यांश 2

4. उपसर्ग = सम्
   मूलशब्द = युक्त
5. सागर, आरव

वर्कशीट 2

गद्यांश 1

4. निः + धन 5. राष्ट्र, वतन

गद्यांश 2

4. तरु, पेड़ 5. सुरक्षा, सुविधा

वर्कशीट 3

गद्यांश 1

4. मिश्रित वाक्य 5. प्रत्यक्ष-परोक्ष

गद्यांश 2

4. सम् 5. परमार्थ

वर्कशीट 4

गद्यांश 1

1. (ख) परोपकार की भावना 2. (क) समाज कमजोर हो जाएगा 3. (ग) स्वार्थ की
4. (घ) विदेशज 5. (क) सुधाकर

गद्यांश 2

1. (ग) नदी पर बने पुल से
2. (ख) लकड़ी के पुल को
3. (घ) होरेशस की वीरता और साहस
4. (क) सम् + सार
5. (ख) अति

2 काव्यांश

वर्कशीट 1

काव्यांश 1

4. (क) 'प्र' (ख) 'स'
5. रिपु, शत्रु

काव्यांश 2

4. निर्मल–मलिन, मधुर–कटु
5.

उपसर्ग	**मूलशब्द**
सम्	ताप

वर्कशीट 2

काव्यांश 1

4. भोर, प्रभात
5. काक, कुक्कुर।

काव्यांश 2

4. 'ना' तथा 'आ'
5. **बगीचा** उपवन, उद्यान   **फूल** पुष्प, सुमन

वर्कशीट 3

काव्यांश 1

4. मत – विचार
   मत – नहीं
5.

प्रत्यय	**मूलशब्द**
ई	जुबान
ई	पंथ

काव्यांश 2

4. भगवान–ईश, ईश्वर   नदी–सरिता, तटिनी
5. आम्र, स्वर्ग

वर्कशीट 4

काव्यांश 1

1. (ग) जिनके पैर कमज़ोर हों
2. (ख) राह रोककर खड़े हैं
3. (घ) ताड़ के पेड़
4. (ख) दुर्
5. (ख) गै + अक

काव्यांश 2

1. (ग) हरी घास की पत्तियों से
2. (ख) कुटिया के बाहर चट्टान पर
3. (घ) ये सभी
4. (ग) चाँदनी
5. (ख) पृथ्वी